目次 contents

輯二

劇場：扮別人的故事，流自己的眼淚

輯三

對話：生命中的美好碰撞

輯四

生活：打破思考的慣性，才有趣！

【好評推薦】

（按姓氏筆畫排序）

一個人，一本書、一個劇場、一個世界。

他是怪得很自在的人。

他總是在龐雜的混亂中找到理性的出口。

他很帶種，勇於探索創作的未知領域，在不斷的擴張邊界更認識自己，成為包容世界的靈魂。

我很榮幸成為他的演員、工作夥伴。

書，只能窺探他的一點點才華，你們是幸運的。

我有機會參與他的劇場世界，我也是幸運的。

一個人不再是一個人。

一本書也不再是一本書。
一個劇場就是一個世界。
因為我們。

——王琄（演員／作家）

黃致凱小時候演過一隻老虎，面對人生重要的抉擇點，選擇台大戲劇系，從此與舞台演出有密不可分的關係。認真做自己，以生命鍊金師的精采經歷，把失去的、沒能好好的道別，綴寫成一部動人的故事。

曾經徬徨無助的少年，透過舞台表演的自我探問，從各種角色窺見內在的價值。或許，每次謝幕的掌聲響起，他就更明白自己編寫的不是故事，而是提供閱聽人尋找修心、修行的生命解方。

——宋怡慧（丹鳳高中圖書館主任／作家）

這本書拯救了所有曾經在小時候上台演過動物、樹木或其他無關輕重角色的人，只要你跟鬼才導演黃致凱一樣，全力以赴、充滿溫度做好自己最喜歡的事，有一天你就會是自己最喜歡人生的主角，沒有任何角色可以取代。

——何榮幸（《報導者》創辦人／執行長）

在舞台上設計戲劇張力的導演，舞台下上演他的真實人生。這是一本讓人笑到嘴酸，也落淚鼻酸的戲劇人生，故事中更蘊含淡淡的人生與職場哲理，還有值得記誦的金句大全，能夠陪伴我們度過人生低谷與高峰，成為自己的人生導演。

——洪震宇（作家／說故事教練）

一直覺得自己何其幸運，既認識做劇場的致凱，也認識作為作家的致凱：人生許多因艱難而想要從此變身大魔頭或無魂屍的時刻，我被戲裡的台詞、被文裡的字句挽留；儘管各自「道場」不同，看著他走在前方，我就是忍不住地被帶向那條注定比較難走的路，而所幸也真的看見那幅他無聲許諾的、真心人才能看見的風景。

——栗光（作家）

「扮別人的故事，流自己的眼淚」《散戲》的經典台詞道盡戲台人生的悲歡喜樂，縝密觀察細膩刻畫小人物的世界，致凱的感性與知性交織出動人心弦的作品，在現代人忙碌平實的生活中，喚醒被遺忘的記憶與感動。

——孫翠鳳（台灣傳統戲劇無敵小生）

【推薦序】

一個人的青春，能有多少故事？

蘇麗媚（夢田文創執行長）

你覺得青春是什麼？

青春是一去不回？青春就是可以在路上揍那些用塑膠吸管的人？

我問坐在我對面的朋友。

很明顯，他的回答徹底透露他是個正值青春的孩子，既給你一個理性的樣板答案，也給你一個任性或更多是非理性的回答。

「理性」正是框架社會伸出手指，為每一個人指出名的，多數只要是在這個遊戲規則下，人生要出錯的機率就極低，反觀「非理性」就完全表述了青春的特權，沒有邊界、規範、能與不能，就像偉大的劇作家莎士比亞在他的年代就已經給了這樣的定義，「青春的特徵乃是動不動就要背叛自己，即使身旁沒有誘惑的力量。」而在此時，黃致凱導演以《二十分鐘的江湖夢》這本書，梳理一段段生活記事，為自己的年代定義出青春哲思。

《二十分鐘的江湖夢》開篇就以「青春：剪不斷的江湖」為題，自我梳理他之所以成為今天的他的脈絡，在每一篇看似渺小的故事中，卻飽滿的隱含著誠實的思考，赤裸出人性和個體複雜的內在關係。有出糗搞笑後蹦出的哲理；在〈死亡很容易，喜劇很難〉這篇文中，讀著那隻死在致凱導演腋下小雞的故事，和他的朋友比利斯垂死復活的大伯母的烏龍，都讓人忍不住笑出聲，同時，他卻在笑聲流動中，和我們探討著關於「死亡」這件事。在〈柑仔蜜〉篇，他描述接到父親病危通知的當下，張冠李戴的烏龍雖然令人發笑，他經歷的內在卻是如他形容的「我才剛浮出水面喘了口氣，頭又被壓回到水裡……」，一種如他嚐到的人生滋味「柑仔蜜」鹹中帶甜的滋味……，口氣輕鬆平淡，卻讓人讀來在心頭上為他酸了一酸。有面對窮困平凡的世俗學習；在〈懂事，就是意識自己得到夠多了〉文中描繪，國中年紀的他為了能有一雙世俗眼光中都應該有的籃球鞋，忽略還是孩子時無法明白的生活壓力，那時得到的風光神氣，是踩在母親背上才有的高度。至今，文末一句「我厭惡那段回憶裡的自己」，已為人父的致凱導演在這句文字落下的此刻，才似乎完整了一個世俗的學習，並且願意讓一個連他自己都厭惡的過去，站在我們面前，赤裸地坦白，只為分享他所獲的哲思，「所謂的懂事，就是從『意識自己得到夠多了』的那一刻開始。」在我眼裡即將領取大叔稱謂卻還是個青春性格的致凱導演，其實還在繼續製造他未知的青春故事，執著在劇場裡透過「故事」，認真練功，抽絲剝繭自我，以壯大心靈，成為「俠」。

我選了一個不忙碌的週末午後，和《二十分鐘的江湖夢》書稿相處，不讓時間一如平常的推擠著我往前，讓自己發現或者說能從容打開感知，進入能回憶過往的狀態，在致凱導演「我」的敘事流動裡，故事變成像是你我共同的，哲思更像是我們都理解卻早已忘記的。讀時，會開始回憶起「我呢？」有多少壯志早忘了實現，有多少青春可以笑傲？我是如何成為今天的自己？

一個人的青春，能有多少故事？

我想應該可以這麼說，看你闖過多少禍？踩過多少坑？明白過多少事情是因為你「青春」？因此成了「故事」。

【自序】

我找我

這本書出版前，有個小插曲。

我找了幾個藝文界的朋友來掛名推薦，其中一位是三金視覺設計師方序中。他看完我的某篇文章之後，沉吟了一下，淡淡說了句：「你用了好多的我……」我不太懂他的意思，他接著說：「你看這段，每一句話的開頭，都會重複一次主詞。」我一看文章，果然如此，當下對他設計師的敏銳感有點小小的佩服，也有點小小的不服氣。我解釋那篇文章是在很趕的狀態之下寫出來的，所以還沒有潤過。他老兄不知哪來如詩人般善感地說：「你有沒有發現，『我』跟『找』，這兩個字只差一撇。」我小聲驚呼：「真的耶，你這麼一說，這兩個字好像真的有某種關連……」

事後我問自己，為何沒有用力經營文字時，就會潛意識地用「我」當每一個句子的開頭？或許因為這些文章都是我自己的真實故事，書寫的過程中，也算是在耙梳自己紛亂的前半生，所以會不斷地出現「我」這個字；但潤筆之後，剔除了一些贅字，許多平白直敘的句子也變活潑了，「我」這個字似乎也消融在文章當中……這個「去我」的過程，似乎也在提醒自己，不要那麼直觀來看世界，過度單一的視角，就像是被固定的監視器，這樣拍出來的人生風景，也太過無趣。

「去我」的過程，抹除了那撇自己的主觀，讓「我」變成了「找」，尋找的過程中，反倒可以讓自己重新整理和定義對世界的看法。

但換個角度，「我」和「找」，差的這一撇，也彷彿是種價值的追尋，或者是找到自己舒適的生命姿態，一種不須向人解釋、不在意他人是否理解的怡然自得。有了這撇，就成為了「我」，少了這撇，就還在「找」。

從二〇〇二年進入屏風表演班擔任見習生，從此正式踏入劇場，在二〇一三年恩師李國修過世後，成立了故事工廠至今，算一算，我在劇場工作了十八年。十八年的時間，剛好讓一個小孩從出生到成年。這些日子來，我沒有一刻不在思考：觀眾為什麼要看戲？我又為何要做戲？我給自己的答案是：「我們在故事裡，投射內心的欲望與恐懼；我們在舞台上的角色，看見那個還沒有完成的自己。」

對我來說，戲劇並不是給觀眾一個人生的標準答案，而是向觀眾提出許多問題。今天我做一齣關於愛情的戲，例如《男言之隱》，並不表示我對於愛情有多了解，反倒是透過作品呈現出自己對於愛情的困惑，讓觀眾看戲時，與角色一同為了人生難題來苦惱。我相信，不會有任何一位觀眾因為看完這齣戲之後，立馬成為戀愛達人，從此感情一帆風順；但許多人會因為這個作品，而開始思考用不同的方式和態度來面對感情問題，這就夠了。

「劇場編導」用白話文來解釋就是「說故事的人」，聽起來是個蠻浪漫的職業。所以這本書可以算是「說故事的人的故事」，裡面有我充滿驚喜的成長歷程、創作排練時的點滴心情，還有荒誕不經的親子趣事。散文集中的每篇文章，幾乎都有一個我所經歷過的心靈衝突，而衝突正是戲劇的本質，衝突就是自我固有的價值觀與他人或是外界的矛盾，面對衝突時必須做出抉擇，從抉擇可以看出一個人的性格，把抉擇的答案連在一起，就可以看到一個人的人生。

也因此，這本書是一個「我找我」的過程，希望我的劇場故事學，能對各位有所啟發，祝福各位朋友都能找到「差的那一撇」，完整了「我」；或者抹除「執念的那一撇」，讓「我」成了「找」，重新追尋對於世界的新定義。

輯一

青春

剪不斷的江湖

我演了一隻老虎

那是我第一次站在台上接受掌聲，
不是因為考第一名，
也不是賽跑得冠軍，
而是因為我演了一隻老虎。

二十七歲那年，剛當上導演，第一個作品就是紀蔚然老師編劇的《瘋狂年代》。為了宣傳，我開始有了被媒體訪問的機會。很多人好奇問：「為什麼想當劇場導演？」坦白講，我當下傻了，其實不太知道怎麼回答這個問題，就像你問職棒選手為什麼會走上棒球這條路，很多球員可能一時也說不出個所以然。

面對記者的提問，我很想回答說：「就是喜歡劇場啊！」但又很怕被記者覺得太膚淺，於是嘗試著這麼說：「因為我在念戲劇系時，遇見了恩師李國修，是他給我信心，原來劇場可以是一份職業。」然後有些記者就會接著問：「那你為什麼喜歡戲劇？」我又慌了，心想：「這什麼鬼問題啊，喜歡就喜歡，還要理由嗎？一隻猴子需要去解釋牠為什麼喜歡吃香蕉嗎？」當然，我沒種這樣回答，因此就東扯西扯，胡亂回答了一番……會這樣慌亂，是因為我從沒認真想過這些事，但記者讓我猝不及防的提問，卻一直留在我心裡。事後，我懊悔自己回答得不好，但又不知道怎麼敘述才能深刻清晰地描繪出自己的人生軌跡……一直到多年以後，我才明白一個道理：人生的岔路太多，有些路，是想清楚才走；有些路，是你不得不走；有些路得在你走過之後，才明白當時為何選這條路走。

我在讀內湖高中時，成績算是名列前茅，我知道自己考上台大的機率不低，本來是設定要讀中文系。但某次在大學博覽會，我拿到了台大的簡章，「戲劇系」三個字讓我眼睛為之一亮，看完科系簡介後，我就跟我老母說，我要把台大戲劇系填第一志願，老母憂心忡忡地問：「讀這個以後可以幹嘛？」我指著簡章上的介紹告訴她，就算我的長相當不成明星，還可以當編劇、導演、燈光師、舞台設計師……我老母猶豫了二十分鐘，說了句「隨在你啦！」

我的家族學歷不高，我的阿公阿嬤鄰里人稱「芋粿伯芋粿姆」，他們是文盲不識字，我的父母小學畢業就為了家計去工作了，家族裡沒有人念過大學。說實在的，他們也沒有辦法給我太多建議，但我很感謝我的父母不會因為家境清寒，而逼我去念那種一聽就會賺錢的科系，他們讓我自己選擇未來的路。

放榜那天，我很緊張地買了份報紙來看，在台大戲劇系的正取名單上看到自己的名字，整個人興奮不已。過了幾天還以「提前熟悉校園環境」為名義，跑去台大閒晃，然後刻意走近新生南路校園圍牆上的榜單，尋找自己的名字，滿足金榜題名的虛榮感，想像著路過的行人看到我名字所發出的讚嘆……當我準備離開時，有個歐巴桑走了過來：「少年耶，你考上哪裡？」我隨即壓抑雀躍的情緒，用一副「這一點也沒有什麼」的平靜態度說出「台大」兩個字，阿桑隨即改用崇拜的眼神看著我：「台大喔，足無簡單捏！你讀什麼科系？」我以一副文青的姿態，優雅地說出：「戲劇系。」阿桑點點頭表示肯定：「喔，你是研究微生物的，那以後一定很有前途！」我急回：「不是啦，是演戲的『戲劇系』，不是『細菌系』啦！」我和阿桑兩人在路邊大笑，「我毋知捏，原來台大有戲劇系喔！」「我是第一屆啦！」……

這段如此荒謬可愛的對話，深印在我腦海。幾年後，我才意識到，原來我當時做的是一個很冒險的決定，社會大眾根本不知道有這個科系，也沒有畢業的學長姊告訴你，人生該怎麼走。只是，我想敢讀第一屆的人，或多或少血液裡都有些冒險的基因吧！不過，在念戲劇系之前，我除了廟口歌仔戲外，沒有看過任何一齣舞台劇；我問自己：對戲劇的喜愛到底從何而來？

時序再倒退回高中，那時我參加童軍團，常常會有營火晚會，話多又愛搞笑的我，經常被叫去演短劇，演了幾次之後，就開始自己試著規畫節目流程，自己在編導過程中得到不少樂趣。高二那年的團慶，我還把營火節目的情境，融入張學友當時最紅的專輯《雪狼湖》劇情，這在當時的童軍界，算是很前衛了！

我一直以為，自己是從高中才開始演戲的，直到某次，我幫某藝人上課時，聊起彼此第一次登台的經驗，才閃過一個遙遠的記憶——我第一次上台應該是在念大直國小一、二年級的時候。那時老師教到「周處除三害」，因為小朋友坐不住，在椅子上動來動去，老師就乾脆叫我們上台，課文念到什麼，就演出來。我被指定演故事裡的那隻老虎，然後就在講台上亂吼亂叫，雙手在空中亂抓，搞得同學哈哈大笑，沒有人在看男主角周處，目光都被我這個動物配角給吸了過去……那是我第一次站在台上接受掌聲，不是因為考第一名，也不是賽跑得冠軍，而是因為我演了一隻老虎。

我不確定，是不是這件童年往事啟發了我的戲劇因子，但我很清楚，那是我第一次意識到，原來上台表演可以帶給大家快樂。

現在我常想，如果老師那時沒有叫我上台演戲，我今天還會不會在劇場？如果老師那時要我演的是周處，我會不會因為鋒頭被老虎搶走，從此對上台感到自卑？如果我高中沒有加入童軍社，我之後還會接觸到演戲嗎？如果我媽媽要我去讀財經系或是法律系，我會在二〇〇一年遇到國修老師來台大開課嗎？……人會之所以成為今天的自己，有些是先天的因素，有些是成長過程中的機緣巧合，某個生命中的小插曲，你當下無感，殊不知種子已然播下，未來的某天雨水落下了，陽光照到了，就會發芽，然後從細縫中冒出頭，慢慢茁壯。

現在，如果有記者再問我：「你為什麼選擇劇場這份工作？」我一定會毫不猶豫地告訴他：「因為我國小的時候，演了一隻老虎。」

媽媽曾說，童年的黃致凱爬過公園裡的每一棵樹。

懂事，就是意識自己得到夠多了

我看了媽媽自責的眼神，
眼眶瞬間也紅了；
我衝上前緊緊抱著她，
突然發現懷中的母親，
原來個子這麼小、這麼瘦……

每次回憶起學生時代，總會飄起一股濕霉味。這個味道來自身上那件永遠乾不了的制服。

母親從小被送去當養女，國小畢業就要工作，沒再升學。為了照顧家裡三個小孩，母親兼了好幾份差，因為學歷低，她只能做玩具組裝、免洗餐具的包裝、餐廳的服務生、清潔員……等勞力工作。每次回到家裡都很晚了，筋疲力盡的她在午夜時分，還要幫小孩洗衣服……那些衣服只晾了半夜，到了清晨經常還是微濕的，但我沒有別的選擇，穿上就匆忙上學去了。我小時候很討厭那股濕霉味，那個味道讓我感到自卑，覺得自己骯髒，心裡偶爾還會埋怨母親：「為什麼我都沒有乾淨的制服穿？」但是我卻從未在放學之後，自已動手洗衣服，因為我都在公園和鄰居小朋友玩耍，跳房子、玩捉迷藏、打躲避球……多麼快樂啊——我厭惡那段回憶裡的自己。

我讀國中時，正值 Michael Jordan 叱吒 NBA 球場的黃金年代，班上所有男同學的話題都圍繞在「Jordan 九代」的球鞋。從小到大都穿「Robentan 牌」（路邊攤）的我，憋了幾個月，終於怯懦地向母親說：「我想要一雙籃球鞋，有打勾勾的那個。」母親沉吟片刻，隔天放學帶我走進民族東路的一間體育用品店，我只花了一分鐘，就挑好了一雙白色的 NIKE 球鞋，因為那雙是全店最便宜的。母親看了標籤上數字寫著一千二，眉頭皺了一下，打開皮包數一數裡頭沒幾張的鈔票，然後問店員能不能算便宜一點，那個大哥哥說：「已經打九折了。」然後母親看了我一眼，再度打開了皮包，反覆數了幾次剛剛早就數過的那幾張鈔票，又問了店員：「算員工價好不好？」店員搖搖頭：「八折，最多八折。」最後母親卑微地、技術性地把皮包攤給店員看，那個大哥哥回頭和我對望了三秒鐘，又瞄了母親腳上那雙磨破底的涼鞋一眼，最後我的球鞋以九百元成交。YA！我隔天穿著那雙白色新鞋，風光神氣地走進教室，因為全班男生腳上都有一雙NIKE，現在我也有一雙了——我厭惡那段回憶裡的自己。

大學時，母親為了生計，去幫人家做家庭清潔，雇主都是有錢人。有一次她推開房門，淚眼汪汪地對我說：「凱啊，媽媽對不起你……」我心想怎麼了，媽媽吸了一下鼻涕才告訴我，她雇主的兒子是建中數學資優生，他們家要送他去美國的史丹佛大學念書。「聽說那是最好的大學，畢業之後都是人才……媽媽對不起你，你這麼優秀，這麼會讀書，但是媽媽沒有錢栽培你……媽媽沒有錢讓你出國念研究所……對不起……」我看了媽媽自責的眼神，眼眶瞬間也紅了，我衝上前緊緊抱著她，突然發現懷中的母親原來個子這麼小、這麼瘦……我難以想像這不到一百五十公分的瘦小身軀是怎麼做那些勞力工作撐過二十幾個寒暑，把我們三個小孩扶養長大的。「媽，妳把我養到這麼大，我好手好腳……妳給我的已經夠多了，我長大了，要什麼我會靠自己去爭取……」——我喜歡那段回憶裡的擁抱，如此沉重卻又溫暖。

母親掏空錢包幫我買新鞋，卻忘了自己鞋子早磨破了；她為了沒能力送我出國而自責，卻從不抱怨自己國小畢業就要去工作。我才終於體悟，所謂的母親，就是「覺得給孩子的不夠，忘了自己要什麼」的那種人。而所謂的懂事，就是從「意識自己得到夠多了」的那一刻開始。

請在我最不值得被愛的時候愛我

或許，
我們不必恐懼面對父母的衰老；
我相信，陪伴的過程，
會點點滴滴壯大我們的靈魂。

小時候，經常把父親的肚子當成枕頭，躺在他身上，一邊愜意地感受大同牌電風扇的涼風，一邊看電視，十分逍遙自在……這是我努力地回溯，從記憶河流的最上游所打撈起的父子親密畫面。

長大之後，我和大部分台灣傳統家庭的男孩子一樣，鮮少和父親有肢體上的親密接觸。我再次和父親相擁，是在一個很荒謬的場景。

五年多前，父親糖尿病的狀況越來越嚴重，要開始洗腎。他很怕造成我的負擔，所以都自己坐公車去鄰近的萬芳醫院；但洗完腎後通常體力很虛，我就會騎機車去把他接回來。某次他坐上我機車後座，虛弱的身體搖搖晃晃，感覺起來重心不太穩，隨時會從車上摔下來，他便把手從我的肩膀往下移，環抱在我的腰上，抱得很緊很緊，像幼兒害怕被父母遺棄的那種感覺。

那一刻，我意識到某種生命與生命之間的重新連結，默默地在那台老舊的豪邁奔騰機車上發生。一開始，我有點恐懼那種依存的關係，因為我根本沒有準備好去迎接父親的衰老，他從白內障不能再開計程車，從三餐勉強能自理到上下樓梯需要人攙扶，這段逐漸退化的時間不算短，我明明知道父親的健康是不可逆的，但心裡卻不願意去面對這件事。我內心其實是害怕的，我擔憂的不只是父親的病情，更多的是自己的創作、人生的腳步是否會因為照顧父親而停宕了下來，我真的無法想像我大好的春青時期，是在醫院診間的消毒藥水味和父親臥室的老人味裡度過；是的，我內心深處的想法很自私。

幾年前，父親的視力退化到零點一左右，基於安全，家人們討論著要把父親送到安養院，雖然多了一筆不小的開銷，但換來更妥善的照顧，我們想是值得的。而安養院是媽媽、姊姊、妹妹幫忙找的，這個家庭會議的過程，我沒有多說什麼，可能是害怕背負兒子遺棄父親的罪名吧，由其他家人主動提出，讓我減少許多罪惡感，也許他們知道我在劇場忙碌之餘還要照顧父親的這幾年，已經盡力了。

我不是在一個父慈子孝、家庭和樂的環境下長大。我想很多人跟我一樣，對於照顧父親這件事，心裡會有很大的矛盾，那種不對等的付出，很難讓人心甘情願。我從不認為自己孝順，這些年的付出，我只希望自己心安就好，問心無愧就好。

直到我結婚，有了孩子後，才想起一句台語俗諺：「雙手抱孩兒，才知父母時。」父母與子女之間的付出，本來就是很難對等，很多計較都是沒有必要的，許多不諒解都源自於靈魂的軟弱；如果我們能擁有堅強的生命信念，那麼諒解某些生命中曾經的矛盾就變得容易多了。

在某本書上曾看過一句瑞典諺語：「請在我最不值得被愛的時候愛我，因為那正是我最需要愛的時候。」或許，我們不必恐懼面對父母的衰老，我相信，陪伴的過程，會點點滴滴壯大我們的靈魂。

看不見的東西最珍貴

小時候的我們，常常得自己發明玩具、自己建構場景，有時是拿餅乾盒敲打，模擬打雷的情境；有時是拿著枯樹枝假裝是槍，上演一場激烈的虛擬槍戰，那時候的想像力，總是無限巨大……

《小王子》的作者聖．修伯里（Antoine de Saint-Exupéry）曾說：「當一個人凝視石堆，想像著大教堂的畫面，石堆就不再只是石堆。」我一直認為人與其他動物最大的差別就是，人類有想像力，我們可以透過想像力完成許多現實的缺憾，也可以透過想像力開始編織不被他人理解的夢想。

二〇一五年，我在英國的愛丁堡藝穗節看到了一個很特別的演出叫做「*Phills*

Monkey」，只有兩個表演者，他們將爵士鼓融入了喜劇的元素，兩個人的鼓聲一來一往，就好像是對口相聲一樣，演出全程充滿了驚奇、爆笑與無窮的想像，厲害的是，這兩個人從頭到尾沒有開口講一個字，舞台上沒有任何華麗的布景，但所有觀眾都參與並相信在舞台上發生的一切。當下我被這個演出形式深深震撼了，回台灣之後，我想起了好夥伴大錢十分擅長口技，便和劇團的執行長鋒哥提出一個概念：用「口技」融合「相聲劇」的概念，做一齣關於「聲音的想像」的戲，後來就發展出了《變聲偵探》這個製作。

記得小時候，我第一個學會的口技是用彈舌的聲音來模仿馬蹄聲，第一個學會的「擬音」是把綠豆放在寶特瓶裡搖晃，製造出下雨的音效。雖然這不是什麼高明的技藝，但對童年的我卻是莫大的樂趣。那時的我們沒有手機遊戲可以玩，也沒有**iPad**可以看，除了大型街頭電玩、紅白機任天堂，還有電視下午四、五點左右會播卡通之外，可以說沒有太多和電子設備相關的娛樂。小時候的我們，常常得自己發明玩具，然後自己建構場景，有時是拿餅乾盒敲打，模擬打雷的情境；有時是拿著枯樹枝假裝是槍，然後在空地四處追逐，嘴裡還會模仿子彈的聲音，發出「砰砰砰」的音效，上演一場激烈的虛擬槍戰。

那時的我們，對於世界有許多的未知，只好用想像力去填滿。長大之後，我們開始接收五花八門的訊息，尋求各式各樣的感官刺激，凡事眼見為憑，沒圖沒真相，於是乎想像的空間漸漸被華麗的視覺給占滿了。我們的腦袋習慣於接收他人製造的畫面，怠於創造自己的想像，反正你想得再多，都只是想像，別人也看不到。

然而，「看不到」或許才是想像力最珍貴的部分，因為看得見的東西不需要相信；汽車就是汽車，雨滴就是雨滴，你信或不信它都確實存在我們的眼前。但如果透過聲音的模擬，讓我們相信眼前有兩台飛車追逐，或者天空降下傾盆大雨，這不是很有意思的一件事嗎？因為我們相信，於是這些事物就存在了，還有什麼事情比這個更令人振奮的？

一個人的想像叫做想像，一群人的想像叫做願景。在這個訊息爆炸的時代，我們能否給自己一點留白的空間，試圖去想像別人的想像，讓我們的生活多一些可能，看看這些無限想像能交織出什麼樣的未來願景？

二十分鐘的江湖夢

創作期間，
我的思緒一直飄回到童年那場二十
分鐘的江湖夢。
思索為什麼當敵人消失的時候，
我會有種失落的感覺？

我從小就喜歡武俠。國小時某個下午，我拿著一隻麻將的「牌尺」插在背上當成寶劍，然後把一條浴巾綁在脖子上當披風，自以為是俠客四處找人決鬥；武林就是我家的客廳，倒楣的姊姊和妹妹理所當然成為我的敵人。一見到她們，我便使出「太極劍法」，把她們打得落花流水，我花了不到二十分鐘就「一統江湖」。找不到對手的我，心裡除了落寞，還有點抱怨：「妳們不跟我打，我是要怎麼當大俠啊？」

多年後，我受到明華園陳勝福團長的邀請，改編施達樂台客武俠小說《小貓》成為文學與歌仔戲的跨界作品《俠貓》。《俠貓》講述的是南台灣抗日英雄林少貓的故事。在原著裡，林少貓本是個武痴，血氣方剛的他參加了陣頭，學習宋江陣的武藝，一心只想做大尾鱸鰻，卻誤打誤撞當了台南的營官，最後加入了劉永福的黑旗軍，展開長達七年的抗日行動。要知道，當時的日本擁有新式步槍和大砲，而義軍只能用血肉之軀，「竹篙湊菜刀」和日軍拚戰，這

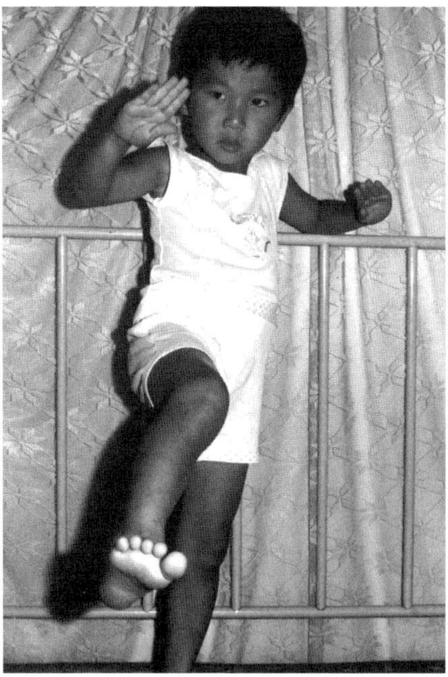

可說是一場以卵擊石的必敗戰爭，末代巡撫唐景崧成立了台灣民主國，但日軍在澳底登陸後，僅六天就棄職逃亡，副總統丘逢甲見勢不可為，只留下了慷慨激昂的詩句：「宰相有權能割地，孤臣無力可回天。」翌日，也內渡大陸去了。

「仗義每多屠狗輩，負心儘是讀書郎。」翻開乙未抗日史，客家義軍領袖吳湯興、姜紹祖、徐驤，北部簡大獅、中部柯鐵虎、南部林少貓，無一不是平民起義，其中以林少貓最有組織，抵抗時間最久；但越是抵抗，越換來日軍的血腥鎮壓，甚至是「無差別掃蕩」。我一直思考，林少貓為何而戰？到底什麼才叫做「俠」？

創作期間，我的思緒一直飄回童年那場二十分鐘的江湖夢，思索為什麼當敵人消失的時候，我會有種失落的感覺？原來，小時候以為的「俠」是武功高強，能打敗壞人的人，長大後才知道善惡沒有絕對，俠的本質不應是彰顯自己，而是成就他人。金庸在《射雕英雄傳》裡說：「俠之大者，為國為民。」韓非子說：「俠以武犯禁。」司馬遷說：「今遊俠，其行雖不軌於正義，然其言必信，其行必果，已諾必誠，不愛其軀，赴士之厄困。」在《俠貓》的創作過程中，我也慢慢摸索出自己對於「俠」字的解釋，就是「捨己為人」。林少貓對我來說是個「反英雄人物」，他本是個逞兇鬥狠的流氓，沒有高尚的人格，喜歡出入風月場所，但他捍衛鄉土的決心和拚戰精神，在那個亂世裡，已然是個時代的俠者了。

然而，換個角度思考，若這是場必敗的戰爭，會不會那些引日軍和平入城的士紳，反倒更符合「捨己為人」的精神？只是他們捨的不是自己的生命，而是犧牲名譽，保存了百姓的生命和財產

明華園歌仔戲《俠貓》劇照。

的安定。

在那個國族認同混沌的年代，台灣像是個被拋棄的孤兒，慘遭戰火的蹂躪與異族統治；百餘年後的今天，我們能過著安居樂業的太平日子，當勿忘那些曾捍衛台灣家園的烈士先賢。那些時代的俠者，將永存在我們心中！

或許我們需要的只是一個道別儀式

許多事物之所以美好，是因為它會消失。所以它存在的每一刻，都顯得無比珍貴。

李安的《少年pi的奇幻漂流》裡，有一句台詞：「人生就是不斷地放下，但讓人感傷的是，沒能好好的道別。」

我在念大學的時候，參加了台大「羅浮群」（童軍在大學階段的代稱），當時的童軍團可以說是聲勢壯大，在校內十分活躍，每年的校慶還會用竹子在校門搭精神堡壘作為裝置藝術。前陣子，聽說台大羅浮群招不到新社員，宣告倒社了，得知訊息的當下，我驚訝不已，難以想像這麼有組織、重視傳承的社團竟然會倒社？這讓我想起一部敘述馬雅文明衰敗的電影《阿波卡獵逃》，片頭一開始引用美國哲學家威爾·杜蘭（Will Durant）的話：「一個偉大的文明不是毀於外部的侵略，而是亡於自身的衰落。」

不知道是不是現代人覺得上了大學還參加童軍是很幼稚的行為，還是羅浮群沒有與時並進，許多人對童軍的刻板印象就是穿著短褲和有鬚鬚的長襪在打繩結、搭帳棚、玩闖關遊戲……不重要了，總之，羅浮群解散了。沒有任何的儀式、沒有任何的宣告、也沒有任何搶救的計畫……就這麼解散了。

前些日子，在老骨頭們（台大羅浮群對資深學長姊的暱稱）的號召之下，我們在苗栗山上辦了一個台大羅浮四十週年的大露營，總共有兩百多人攜家帶眷來參加這場盛事，五顏六色的帳蓬滿布在草地上，場面十分壯觀。在這三天兩夜裡，我們回憶著那些年在大學時代所做的蠢事，談論著這些年彼此的家庭狀況，比較著誰的身材沒有走樣、誰的啤酒肚越來越大。營地的氣氛非常熱絡，沒有一絲感傷，不知道大家是不是串通好，沒有人提起倒社這件事，也沒有人有「復社」的念頭。好像羅浮群解散是歷史中的必然，沒什麼好意外、沒什麼好不捨、也沒什麼好掙扎的。

我想，可能是大家年紀大了，別離的經驗多了，心中不易掀起波瀾，幾道漣漪在湖面晃蕩片刻，也就回歸平靜了。或許我們需要的只是一個道別的儀式，就像是一齣戲，不管演好演壞，總要有個謝幕來為演出畫下句點。那場大露營，我想就是我們的道別儀式吧，在那三天兩夜裡，我們重溫了搭帳棚、團康遊戲還有營火晚會，大家彷彿回到了大學童軍的營隊生活，好像唯有如此，才會甘心向我們的青春時代道別。

從某種角度來看，永恆是令人乏味的，許多事物之所以美好，是因為它會消失，所以它存在的每一刻，都顯得無比珍貴。生命有許多偶然，也有許多的必然，當美好的事物偶然出現在你生命中，也必然從你生命裡消失；既然留不住，那我們就好好地道別吧！

不要隨便走進別人的生命

當牠認定我是牠的小主人，
我必須要承擔牠的生命，
我們之間已經形成某種隱形的契約，
這個契約就叫責任。

我很喜歡動物，從小到大養過狗、貓、螞蟻、螃蟹、松鼠、魚、烏龜、蝦子、雞、鴨、兔子、蠶寶寶、金龜子、白文鳥……小時候沒什麼零用錢，沒進過寵物店，我養的動物不是在路邊撿的、溪裡抓的，就是別人棄養的。

小學六年級某天放學，我在路邊看到一隻毛茸茸的黃色小狗，大概兩個月大小吧，模樣十分可愛，牠一直跟在我後腳走，不斷汪汪叫，像是要喚起我的注意。我轉身朝牠伸出雙手，牠尾巴狂搖，撲了上來，接著我把這隻毛茸茸的小傢伙抱在懷中。這一抱，就放不下來了，彷彿某種情感瞬間被建立，我覺得牠需要我，於是，我就把這隻小狗帶了回家。

家人看到我又撿動物回家，也習以為常，念了幾句便不管我了。那個晚上，我幫牠取了名字叫東東，找了一個碗公盛了食物給牠，享受了兩個小時的歡樂時光。後來，東東拉了一坨屎，我試著用報紙把濕軟的糞便給抓了起來，再把地板拖乾淨。然後牠又拉了一坨，我又清了一次，當下和狗玩的興致完全沒了，東東可愛的程度已經被狗糞的噁爛完全抵消。第二天，我試著教牠在報紙上大小便，還拿了塊雞肉試圖鼓勵牠，但兩個月的東東學習能力不足，牠把雞肉吃了，卻大了一坨屎在報紙外；當下我感到十分挫折，覺得養狗真是件超級麻煩的事。第三天，我把東東抱下樓，放在馬路，然後迅速轉身把門關上，獨自上了樓，結束了不到四十八小時的人狗情。我在二樓陽台，看著牠用小爪子不斷扒著門，還用鼻子持續發出可憐的嚎叫，我心裡的罪惡感油然而生，慚愧到不敢看牠的眼睛。十二歲的我只能告訴自己，牠本來就是流浪狗，我只是帶回家玩了三天，現在讓牠回歸街頭，剛好而已。

但事實真是如此嗎？東東在門口嚎哭了一晚，第二天清晨才離開，我清楚地知道牠嚎哭不是因為街頭冷，也不是肚子餓，是因為我無情地拋棄了牠。多年後，我常在想，東東不知道後來過著什麼樣的生活？我多希望牠是被另一個有愛心又負責的主人帶回家，但更可能的是牠成為一隻無主的流浪狗，有一頓沒一頓遊走街頭，最後被捕狗隊抓去安樂死。

這讓我想起《小王子》裡狐狸對小男孩的提醒：「永遠要對你所豢養的對象負責。」會不會其實東東根本不需要我，我對牠而言，就像其他千百個路人一樣，沒有特殊的意義。是我的同情心作祟，覺得牠需要我，於是我主動建立了一段關係，幫牠取了名字，試圖「豢養」牠。於是乎，我對東東的意義也不同了，當牠認定我是牠的小主人，我必須要承擔牠的生命，我們之間已經形成某種隱形的契約，這個契約就叫做責任。

那次之後，我一段時間沒有養動物。我告訴自己如果沒有準備好，不要隨便走進別人的生命，也不要讓人隨便走進你的生命。

死亡很容易，喜劇很難

學會開死亡的玩笑，
學會嘲弄生命的憂傷，
並不意味著我們逃避死亡，
而是不再恐懼死亡。

彼得奧圖（Peter O'toole）在電影《*My favorite Year*》裡，曾引用一句西方劇場演員的經典名言：「Dying is easy. Comedy is hard.」。

從小我就懷抱著一個偉大的夢想——當動物園的園長。為了實踐願望，我曾養過狗、貓、鴨、螃蟹、松鼠、螞蟻、蜥蜴、烏龜……有一次小學六年級放學後，我不知去哪弄了一隻小雞回家，我逗著這隻黃茸茸的小傢伙一整個晚上，甜蜜無比；

但要睡覺時，我把小雞放到紙箱，牠叫個不停，彷彿被拋棄了，這時我的母愛油然而生，不知哪來的靈感，竟異想天開地扮演起母雞，將小雞放到我的翼（腋）下，果然小雞不再吵鬧，安詳地睡著了……隔天，我醒來時，發現有什麼東西卡在身體下——小雞被我悶死了！——天啊！這是我童年做過最愚蠢的事之一！

幾年前某天，好友布農族歌手比利斯本要來家裡教我吉他，但他臨時接到大伯母進加護病房的消息，所有族人都得趕回台東，我們只好取消見面。經過診治後，醫生問比利斯的堂哥：「你們想要媽媽回家裡還是留在醫院？」堂哥心想，生命的終點當然還是回到家裡，於是就把奄奄一息的媽媽帶回家，強忍淚水打電話給殯儀社準備後事，回到部落的家人也照習俗燒著柴火守了一夜。到了隔天，殯儀社的冰箱運到家門口，堂哥慌了：「怎麼辦？媽媽還在呼吸！」然後趕緊打電話給醫生：「醫生！為什麼我媽媽還活著?!」醫生詫異地說：「你媽媽當然還活著啊，我是問你希望媽媽回家休養還是在醫院休養？」——這是一場烏龍事件，從各地趕回台東部落的家人們都啼笑皆非——但幾個禮拜後，那場遲來的葬禮還是舉行了。

死亡從來就是無法逃避的人生課題，當我們成天想著要如何延年益壽，西藏人卻用了一輩子在學習一件事情——面對死亡。我很佩服西藏人認真看待生命的態度，因為我從小到大，始終無法完全嚴肅地面對死亡這件事，或許我在逃避感傷，或許是生命中有太多不可承受之重，讓我潛意識選擇用喜劇的角度來看待死亡。於是乎，那隻死在我腋下的小雞，或是比利斯垂死復活的大伯母，對我而言除了呈現出生命消逝的荒謬，更是一種調侃死亡的黑色幽默。

「死亡很容易，喜劇很難。」死亡會引發很多痛苦，但死亡卻是容易的，因為每個人不用教、不用學，甚至不需要特別做什麼，早晚都會死。然而，喜劇就難多了；喜劇的兩大要素是「角色面對困境的掙扎」以及「舉重若輕」的態度。前者難在角色不僅要「屢戰屢敗」，還要「屢敗屢戰」，雖然犯錯，但不能放棄，就像周星馳經常在電影中塑造的反英雄形象；後者難在角色要翻轉面對死亡的悲觀心態，就像義大利電影《美麗人生》裡的男主角，他自知在納粹集中營難逃一死，於是騙兒子玩一場捉迷藏的遊戲，希望兒子躲過追捕活下去。

「舉重若輕」，學會開死亡的玩笑，學會嘲弄生命的憂傷，並不意味著我們逃避死亡，而是不再恐懼死亡。我想這也算是一種優雅的、正面的生命態度吧。

那個值得你瘋狂的人

當愛一個人到很深很深的時候，
你會瘋狂到願意和她／他交換生命，
相信你的靈魂可以在她／他的身體
裡活下去嗎？

江蕙的〈家後〉唱哭了台灣好幾個世代的女人，「等待返（tńg）去的時陣若到，我會讓你先走。」鄭進一這句歌詞簡單直白，卻讓人動容。「返去」是台灣人對死亡的一種溫柔說法，所有的情侶愛到某種層度時，都會討論這個問題——到底誰先死？

大學時，某次放長假，初戀女友回中壢老家，好幾天見不到面，我撥了通電話想關心，但手機始終打不通，於是關心慢慢轉成擔心，我的想像力也開始發揮作用：她被壞人擄到深山裡的一間鐵皮屋，與外界失聯，等待著我去付贖金把她救回來——不對，我大學時皮包裡很少超過三位數，別說付贖金了，買罐雞精都有問題。這個劇本不成立，換一個——她在回家的路上，因為司機闖紅燈，出了車禍，昏迷不醒——不對，她回家應該是坐火車，鐵軌哪來的紅燈可以闖……我前後大概幻想了十幾種可怕的情境，如果《絕命終結站》要拍第四集，我想我一定會應徵上編劇……隔天，電話終於撥通了，一聽見她的聲音，我竟然瞬間生氣了：「昨天為什麼不接電話？」她一頭霧水地回答：「我回到家很累就睡了。」然後我繼續興師問罪：「那妳也不需要關機吧?!」她無辜地回答：「就手機剛好沒電啊，你在氣什麼？」我當下一時語塞：「我……我怕妳死掉啊！」

回首當年，對於愛情還一知半解，只會從自己的角度思考，卻從沒想過「為什麼死掉的是她，不是我？」幾年前看了法裔加拿大知名劇場導演 Robert Lepage 的《眾生喧嘩》，該劇長達七、八小時的「史詩級」長度，讓英聽爛透的我幾度睡得像「死屍」，但有一場戲我記憶十分鮮明：一對情侶在玩快問快答的遊戲，主持人對男女輪流提問對方喜歡的顏色、最敏感的部位、愛吃什麼食物……這對男女瞬間秒答，展現絕佳的情侶默契。當主持人問到最後一題：「你們願意為對方死嗎？」這對情侶當下噤聲了，全場陷入一段令人窒息的長沉默，然後燈光瞬間暗掉。這場戲像一記重拳擊中我的心臟，讓我對愛情的認知當場倒地不起。原來，過去自以為是的愛，只能叫做喜歡，喜歡是不用負責任的，愛的本質是「犧牲」，是不求回報的。

如果愛情是一場考試，你會怎麼回答這個萬年考古題：「媽媽和老婆同時掉進水裡面，你要先救哪個？」一個照顧了你前半生，一個要與你共度下半生；一個不需要發誓，就會無條件愛你一輩子；一個因為條件相當而結合，你發誓要愛她一輩子——我不認為這是個困難的選擇題，這是個「自私」的選擇題——因為題目的「預設前提」是男人不會死，女人卻只有一個能活，所謂的掙扎就是男人選擇要和哪個女人一起活下來。如果今天的情境不是「選擇」，而是「交換」呢？——你願意用生命換你母親的命，還是換你老婆的命？

同樣的問題拿去問母親，我想大多數媽媽會毫不猶豫地犧牲自己，讓兒子活下去。但對男人來說，這個問題就讓人不敢誠實回答了……你猶豫越久，就代表你活得越自私。

此刻，我腦中的旋律從江蕙的〈家後〉，被《古惑仔》的電影插曲覆蓋過去，眼前飄過陳浩南抱起小結巴屍體的畫面：「彷彿天和地在挑選我跟妳，如像我亦重遇了生死。難道只好淌淚心痛告別妳，無法讓我甘心替代妳。」當愛一個人到很深很深的時候，你會瘋狂到願意和她／他交換生命，相信你的靈魂可以在她／他的身體裡活下去；如果沒有這個瘋狂念頭，不代表你自私，或許只是你還沒遇到那個值得你瘋狂的人。

偶像

流行歌大概是一種成長儀式吧！孩子彷彿能從風花雪月的歌詞，窺探並想像著成人世界的堂奧。

「若不是你突然闖進我生活，我怎會把死守的寂寞放任了，愛我的話你都說，愛我的事你不做，我卻把甜言蜜語當做你愛我的軀殼……」樂樂稚嫩的歌聲從房門傳出，我和老婆在客廳偷笑……我悄聲走近，把房門輕輕推開，瞥見女兒戴著耳機，陶醉在自己的世界裡，隨著節奏搖頭晃腦……

雖然每天都和孩子有親密互動，照理說應該很清楚孩子的變化，但總有些時刻，孩子成長是一瞬間的，會讓父母有種措手不及的感覺……我早知道巧虎和佩佩豬對她不再有吸引力，我陪著她看最流行的《鬼滅之刃》，我知道她每一天跟哪個同學吵架，哪個同學請她去合作社喝飲料……但當聽到女兒開口唱流行歌的時候，還是有一種「預料之中的驚喜」，就像明明知道陽台的君子蘭到了春天就會開花，但親眼看到花苞綻放的那一瞬間，還是會悸動。

樂樂興奮地說：「這首歌叫做〈綠色〉，唱的人叫陳雪什麼的……」我笑了一下，因為她還認不得「凝」這個字。我納悶一個小學二年級的學生，真的知道這些情情愛愛的歌詞背後承載的重量？還是這個世代的小孩，早熟的程度超越我們的想像？

「阿爸，你小學的時候都不聽流行歌的嗎？」女兒不服氣地問我。我回想起自己第一首會唱的流行歌，就是小虎隊的〈青蘋果樂園〉。印象中是姊姊買的錄音帶，當時的錄放音機沒有 Replay 鍵，想要重複聽一首歌，就要一直倒帶，然後再播放。「週末午夜別徘徊，快到蘋果樂園來，歡迎流浪的小孩……」那一年是一九八九年，我八歲，也是小學二年級……原來，我在和女兒相同年紀時，做著相同的事。所以女兒不是早熟，流行歌大概是小學生的一種成長儀式吧！孩子們彷彿能從那些風花雪月的歌詞，窺探並想像著成人世界的堂奧……

九歲那年，我用壓歲錢買了屬於自己的第一張錄音帶《對你愛不完》。至於為什麼買這張專輯，我也不知道，大概是覺得全世界都在聽這首歌，我也得會唱才行的盲從心態。這首歌我放學後每天聽，背得滾瓜爛熟，但裡面有句歌詞我始終不懂，每次唱到都含糊帶過：「Sorry，累！累！累！吐奶。」小學三年級的程度，大概可以理解情侶談戀愛難免吵架，道歉說聲 Sorry 很合理，但到底是什麼狀況會「累到要吐奶」？可能是道歉真的很累吧！……不知道多久以後，某日拿起歌詞本來翻，才發現這句歌詞是英文，原來郭富城唱的是「So we love love love tonight.」。

後來，我陸續用零用錢去買了兩、三張錄音帶，印象中是東方快車的《紅紅青春敲啊敲》、王傑的《向太陽怒吼》……國小四年級左右吧，某次到大直的金石堂書局吹冷氣時，看到有人在櫃檯前壓克力架子上，挑選明星的護貝照片，然後他拿著一疊照片，心滿意足地去結帳；看著他離去的背影，我有點崇拜的感覺。具體的說，我在「崇拜他的崇拜」，他好像知道自己在追尋什麼，知道自己喜歡什麼……而我呢？似乎只是隨波逐流，跟著風潮走，沒有一個追尋的依據。

這樣下去不行，我覺得自己應該也要有一個崇拜的偶像。於是走到架子前端詳了一下，然後拿起一張劉德華的護貝照片，掏出十元銅板，到櫃檯付了錢，回家後，立刻把照片放到鉛筆盒裡。在那一剎那，一種安定且愉悅的感覺從心裡油然而生，喔耶！我終於有偶像了！彷彿一艘在海上迷航已久的船隻，終於看到港口燈塔射出的光束！從《來生緣》開始，我再也沒有錯過劉德華的任何一張專輯，而且A面B面每一首歌都要會唱。然後，我發現這樣還不夠，身為粉絲，就是要完整的擁有，否則就像是少了一塊拼圖，這是無法容忍的缺憾！所以我又把《如果你是我的傳說》還有《我和我追逐的夢》這兩張專輯給買了回來，至於這兩張專輯好不好聽不重要，重要的是我的收集終於完整了。

《愛在刻骨銘心時》是我最後一張購買的劉德華專輯。讀高中時，考完期中考的下午，同學們就會相揪衝去錢櫃KTV，〈冰雨〉是大家必點的歌：「你就像一個劊子手把我出賣，我的心彷彿被刺刀狠狠地宰，懸崖上的愛，誰會願意接受最痛的意外。」幾個臭男生唱得一副深情款款的模樣，但裡面根本沒幾個談過戀愛，連女孩的手都沒牽過，又怎麼會懂分手的痛？KTV的包廂裡都是青春期的荷爾蒙在流竄，緊握著麥克風，唱的是對於戀愛的渴望，對分手的想像……好像副歌的高音能飆上去，就經歷過一段撕心裂肺的愛情。

上大學之後，我不知不覺變成了文青，偶像換成卡夫卡、馬奎斯，聽的音樂類型是世界音樂、New age還有原住民古調……大三那年，終於我知道戀愛的滋味，只是那時已經不聽劉德華了……

看著女兒唱歌時的懵懂表情，那種自以為投入的幼稚，讓人有種似曾相識的感覺。我決定拿起吉他，上網找到了〈綠色〉的譜，替女兒伴奏，或許這樣就能再過一次童年，回味那種發現新世界的生澀與好奇……但女兒似乎不領情：「阿爸，吉他太大聲了啦，而且你不要跟著唱，你唱得比胖虎還難聽！」於是，被下封口令的我，就默默幫女兒伴奏。那天樂樂入睡之後，我 google 了〈來生緣〉的吉他譜，在深夜裡小聲地彈唱著，當做是一種對劉德華和對自己的彌補……

好險，我只是被騙了一杯咖啡

當你期待奇蹟發生，
再離譜的事也會相信是老天眷顧；
當你相信厄運會來臨，
再小的不如意也會認為是魔鬼來報復。

你這輩子相信過最荒謬的事情是什麼？

念研究所的時候，某個颱風天傍晚，我騎著摩托車，頂著風雨回天母，車速不敢快，也不敢慢，就怕越晚風雨越大會回不了家。

行經芝玉路時，積水不淺，我看了一下排氣管的高度，應該還可以拚拚看，便催了油門，想像自己騎的是水上摩托車。前進了十幾公尺後，突然車子拋錨了，我的車就在道路的積水中動彈不得，我相信發明「車子拋錨」這個詞彙的人，一定也在某個颱風天「雕掐」（台語，車子受困無法前行之意）過，才會在一片汪洋中找到這個形容詞的靈感。

我牽著車，在風雨中緩緩前進，左邊是田，右邊是池塘，整條路只有我這台孤立無援的機車。就在這個時候，傳來一陣腳踏車噹噹噹的鈴聲，我回頭看，有位老兄把車停在我後方，我心裡正不爽：「噹什麼碗糕？不會從旁邊繞過去喔?!」他嘴裡斜叼著根菸：「你『雕掐』囉?!我幫你看一下。」我心想也太巧了吧，颱風天車子拋錨，竟然半路遇到修車師父，這也算是一種奇蹟了。我們把車牽到路邊，他跟我要了一張衛生紙，塞進排氣管，然後用腳踩發引擎，他說：「都是汽油味，表示油沒有完全燃燒，排氣管進水了！」這位老兄幫我一起牽車到仰德大道口的一家機車行，他說之前是這家店的員工，可以借一下工具，幫我把車搞定。

我看他如庖丁解牛般，靈巧地拆解機車零件，還游刃有餘地跟我聊天，他知道我讀戲劇系的時候，就告訴我他以前也有戲劇的夢想，但因為家人反對所以學修車，店家老闆娘看到我和他聊得眉飛色舞，趕緊過來低聲打 Pass：「他叫酒空彬，修車技術很好，但後來把腦殼喝壞了，才會離開這裡。你莫聽他烏白講，那些攏是燒酒話。」

酒空彬三兩下把車修好後對我說：「老弟，我跟你在颱風天相遇，也算是緣分，我告訴你，我的真實身分是個科學家，因為發明了一種晶片，後來被政府列管，現在 FBI 一直在找我，所以我只好隱姓埋名。」我不知道有多少人會相信這番話，反正我是信了。從事編劇的我，每天絞盡腦汁就是編寫這種光怪陸離的劇情，沒想到今天讓我遇到了，眼前這位中年男子，穿著邋遢，騎著破爛的腳踏車，頭上有一道開刀留下的長疤，雙眼異常的炯炯有神，這一切完全就是科幻故事裡落魄科學家的角色形象。酒空彬問我：「老弟，我研發了一個可以改變世界的機器，你有興趣到我家看嗎？」我看著街道的風雨，猶豫了一下，不知道哪來的勇氣：「好啊，走！」我相信他是因為長期被跟蹤，所以精神有點異常，很多天才都是如此，我這樣說服自己，我絕對不能放過這個絕佳的創作題材。一路上他告訴我這些年來，怎麼被政府的特務監視，所以一直換工作，一直搬家。最後到了石牌，酒空彬說：「我怕連累你，別到我家好了，我們找地方喝咖啡。」我心想，他還蠻有道義的。但颱風天店都關了，我們只好到漫畫王，隨意點了咖啡，當我滿心期待他要與我分享改變世界的祕密機器時，他對我說：「我這個祕密告訴你，會洩露天機……其實我能夠通靈，我幫你算個命好了。」這時我越來越覺得不對勁，後來找藉口推託離開，我的奇遇就這麼結束了。

事後，我一直想，我為什麼會不顧老闆娘的提醒，願意在颱風天跟一個妄想症的人去喝咖啡，是他編故事的技巧高明？還是我太笨才會被騙？但我自己是編劇，怎麼會沒發現他的破綻？我能考上台大，代表智商應該不低吧？那次經驗之後，我才明白為什麼有這麼多高知識分子會被騙財騙色，因為我們相信的不是眼前的這個人，而是相信了自己心中的故事。當你期待奇蹟發生，再離譜的事你也會相信是老天爺眷顧；當你相信厄運會來臨，再小的生活不如意你也會認為是魔鬼來報復。

我只能說：「好險，我只是被騙了一杯咖啡。」

直升機與空信封

我們都希望自己的生命能不斷強大，
當你成為一個有能力的人時；
記得，當一個善良的人。

讀幼稚園時，有位同學邀請我去他家玩。到了他家門口，發現門好高，牆上有長長的蛇籠，門口還有穿便服的人站崗，感覺很神祕。那位同學很熱情地拉著我去參觀他的房間，還帶我去浴室看他洗澡時的玩具……我當時看傻眼了，因為那是我第一次看到浴缸！小時候家裡洗澡都拿木柴去灶底下生火，再從大鐵鍋把熱水舀到一個鋁製的大洗澡盆裡。我不懂怎麼會有熱水可以直接流到浴缸裡？更羨慕洗澡有玩具可以玩！那位同學看我興奮地拿著他的玩具直升機愛不釋手，就對我說：「你喜歡這個玩具，可以送你，我還有。」他那大方的態度，讓我很自然地把玩具收下，就像是兩個孩子共吃一根冰棒，你一口，我一口，很平等的分享。

那天回家的路上，我開心地手舞足蹈，一到家就把直升機拿給爸媽看，跟他們炫耀是同學送我的。爸媽問起我去了誰家，我大概形容了一下方向，還有門口的樣子，我爸就驚呼一聲：「那是宋長治的官邸！你同學是他的孫子?!」爸爸的驚訝讓我完全不解……懂事之後，才知道宋長治是前參謀總長和國防部部長，而那時台灣才剛解嚴，軍人地位何其崇高……不過，對一個六歲小孩來說，那些響亮的頭銜真有如天空中的浮雲，反倒是那架直升機背後所傳遞兩個小男孩間的純純友誼，更讓人覺得珍貴。接過直升機那一刻，我沒有被施捨的感覺，沒有同情，沒有階級歧視，沒有身分差距，就是一種很單純的分享。

忘了小學幾年級，老師曾發了一張調查表回家，要我們填家裡的經濟狀況，我記得爸爸在「清寒」的那個欄位，打了一個勾。但那時我不太明白什麼叫清寒，只知道我的童年過得非常快樂，吃得飽、穿得暖，不覺得自己過得比別人差……或許吧，住在菜市場附近的孩子有著相似的背景，大家玩在一起，沒有誰瞧不起誰……

國小五年級時，曾搬到內湖去住了一年，六年級又搬回大直，成為了所謂的「轉學生」。恰巧班上有我以前一位姓遲的鄰居玩伴，所以我很快地融入同學之間。不過當時那位呂姓女班導，卻是我童年最大的惡夢。

剛開學沒多久，那位呂老師就問：「有沒有人想要加強功課的？要的在單子上登記。」我想都不想，就把單子傳給下一個同學。

不久後，第一次段考結束，我考了第十名。那位呂老師用很詭異的口氣問我：「你覺得自己考得怎麼樣？」我感覺到問題背後的某些不友善，怯懦地回說：「還可以。」老師臉色一變：「你沒有補習，考第十名已經要偷笑了！」之後，她就三不五時地暗示我要不要去她那邊補習，我出於恐懼，跑去問那位遲姓同學到底怎麼回事？他才告訴我班上有一半以上的人都去老師那邊補習，功課好的都有去，功課爛的不敢不去……這時，我才明白為何老師把我當成眼中釘。

這種老師私下開的課後補習班，並不合法，只是在升學主義的壓力下，大部分家長都希望孩子能超越別人，於是都默許甚至拜託老師開課。但這筆額外補習費對家裡的經濟來說，是一份負擔，所以我一直沒有向爸媽開口。怎奈呂老師持續不斷找我麻煩，只要我答題錯誤，就會用嘲弄的口氣教訓我：「你就是回家複習不夠，才會寫錯！」還不時用她手指上的金戒指敲我的頭。甚至有一次在朝會升旗時，她看到我衣服有破洞，就以衣衫不整為由叫我出列，當著同學的面羞辱我一頓……用現在的話來說，就是我被老師霸凌了。

那段期間，我過得非常痛苦，恐懼上學、厭惡上學，那也是我第一次因為家裡沒錢而感到自卑……後來爸爸覺得我不對勁，問了我怎麼一回事，我據實以告，爸爸一怒之下衝去找校長理論……後來的下場就是，老師一進教室就叫我起立罰站，然後向她道歉，說我不該跟家長胡說八道，還要其他同學引以為戒……這件事在我心中留下了很深的烙印，讓我覺得貧窮是一件很可恥的事。

沒多久上了國中，我開始感覺到升學壓力。漸漸地，發現自己有點跟不上，只好硬著頭皮向媽媽開口：「我想去老師開的課後班。」媽媽問：「你要補哪一科？」其實當時我的數學、英文、理化三科都不太行，但我怕家裡負擔太大，只敢先跟媽媽說：「數學……」媽媽沒有太多猶豫，直接從皮包拿出鈔票讓我去繳學費。

某次放學後我在操場打棒球，為了接一個高飛球，我和同學對撞在一起，跌倒在地，左手當場「啪」一聲骨折。出院之後，當時的班導張老師說要來看我，我心裡很不安，自卑感讓我有點抗拒……堆滿雜物的客廳、有老鼠出沒的廚房……我不確定老師知道我家的環境後，會用什麼異樣的眼光看我……

後來，張老師還是堅持買了水果來家裡探訪。進門之後他發現我和阿公睡在上下鋪，沒有自己的房間，他關心地問：「你都在哪裡念書？」我往樓梯間下方一指……那個空間因為是斜的，高度不夠，一般是用來當倉庫或改成廁所，好在我個子不高，擺張書桌在那剛好……那天之後，張老師表面上不動聲色，對我和其他同學一樣關照，私下則是敦促我一定要好好念書，補習費讓我減半，也知會其他老師我家裡的狀況。

不久後，教英文的陳老師請同學私下告訴我：「如果想加強英文，就來上課後班，不用收錢。」雖然我有點不好意思，但沒有猶豫太久就答應了。月底時，陳老師一一唱名，把學費信封袋發給大家。突然，陳老師叫到我的名字，我愣了一下：「不是不用錢嗎？」接過信封，在回到座位的路上，腦中閃過好幾個念頭：「老師是不是忘記了？」「如果要收錢，我是要怎麼跟媽媽講？」「還是我跟老師說下個月不來補習了？」……我回到家後，看著信封開始苦惱……突然發現信封裡面有一張紙條，上面寫著：「以後每個月就把空信封交上來就好了。」我當下不是很明白為什麼要這麼做，只曉得我可以不用交錢繼續上課。

隔週上課，陳老師請大家交學費時，同學們一一起身，拿著信封往英文小老師的方向走去。我拿起空信封，有點緊張，故作若無其事默默地排在隊伍後面。那時，我才明白陳老師的用意：她讓我和別人看起來都一樣，這樣同學就不會發現我沒繳學費……或許對陳老師而言，只是少了一筆小收入，但對一個青春期的國中生而言，這個善意舉動，維護了我的自尊心，也撫平了在國小六年級留下的心裡陰影……

後來我發憤讀書，考上了內湖高中，接著又考上台大，一路經歷許多人情冷暖，直到成立劇團後，收入比較穩定，導演的身分也讓我稍微有能力去關照身旁的人……至今我仍十分感念送我直升機的宋同學、關心我骨折的張老師，還有給我空信封的陳老師，是他們教會我「分享，不是施捨」，是他們教會我「不動聲色的幫忙，才是一種藝術。」

我們都希望自己的生命能不斷強大；當你成為一個有能力的人時，記得，當一個善良的人。

柑仔蜜

我情不自禁地一塊接一塊，
把盤子上的「柑仔蜜」給清空，
至於碟子上的醬汁更是一滴不剩。
真正的人生，
大概就是這種鹹中帶甜的滋味吧……

我從小到大沒有接受過表演訓練，也從來不是班上最出鋒頭的人，直到高中時參加了童軍團，因為要準備營火晚會的戲劇、帶動唱、團康這些有的沒的節目，才慢慢習慣在人前表演；不知不覺中，我發現自己似乎有些搞笑的天分。升上高二時，接了社團幹部，身為活動長，除了籌畫活動之外，只要有表演的機會，我就會把觀眾逗笑視為己任。

那年，我們和北一女的童軍團辦聯合送舊，各出一半的節目。負責帶動唱的我，不假思索挑選了一首當時電視經常播出的歌——白冰冰唱的〈燕仔你是飛去叨〉。為了內湖高中的顏面，我當然要使出渾身解數來把氣氛炒到最高點，於是編了許多搞笑的舞蹈，模仿燕子飛翔、築巢的動作。

結束時，大家圍成一個圓圈，高三的學長姊們開始講評今天活動的得失。相較自己內中的學長姊，我更期待北一女學姊的意見，心想反正書讀不贏妳們，辦活動的部分一定要贏回來。結果一位學姊這麼說：「你們活動安排得很有趣，但是〈燕仔你是飛去叨〉那首歌可能不太適合拿來搞笑，因為那是一件很傷痛的事……我們不應該拿別人的傷痛來開玩笑……」

這個意料之外的答案，讓我當下汗顏不已，因為〈燕仔你是飛去叨〉是白冰冰為了悲悼她被綁架殺害的女兒所唱的歌。我完全沒有想到自己是在別人的傷口灑鹽，雖然沒有惡意，卻充分顯示出自己的無知。我那十七歲的幼稚腦袋中想的是：如果可以把一首令人難過的歌，弄到大家哈哈大笑，這才是真正的功力吧！

許多年後，跟在國修老師身旁，才知道所謂的喜劇和悲劇是一線之隔。他要我們先學會做悲劇，再來學做喜劇。如果不懂生命中的哀傷，那麼只是膚淺、表面的搞笑，談不上喜劇。他常說「悲劇」＋「時間」＝「喜劇」。意思就是說，任何傷痛的故事，在經過時間的沉澱之後，拉開了心裡的距離，就能用幽默的方式，一笑置之來看待。就像許多男人在退伍後，會把當兵時被學長狂電亂操、一堆狗屁倒灶的鳥事當成笑話來講，但如果回到當下，任憑誰也笑不出來。

這些年經歷了一些事，心態不再是當年那個只想逗觀眾笑的十七歲高中生，我帶著對喜劇的敬意，累積了一些創作，即便是沉重的作品，我也會有意或無意放進喜劇的元素，許多時候觀眾才剛掉下眼淚，突然又破涕為笑。很多人問我為何喜歡在劇情悲到谷底時，突然來這麼一拍，把氣氛反轉，我其實不太知道怎麼回答這個問題。可能是因為本性調皮，正經太久自己會受不了；也可能是我覺得人生太苦悶，需要一點調味料。就像老一輩的人會在某些水果上灑鹽，本來以為味道會很噁心，結果鹹味反倒提升了甜味。某次，台南的朋友還帶我去吃他們俗稱「柑仔蜜」

的南部吃法，就是把番茄沾上醬油膏、糖、梅粉還有薑末調和出來的醬汁。這種吃法聽起來很荒謬，視覺上很衝突，想到更是反胃，但入口之後竟有種莫名的協調感，我情不自禁地一塊接一塊，把盤子上的「柑仔蜜」給清空，至於碟子上的醬汁更是一滴不剩。真正的人生，大概就是這種鹹中帶甜的滋味吧！

去年，某個清晨我接到安養院打來的電話，被告知父親身體狀況不好剛送到加護病房，我連忙飛車前往榮總。進入病房後，醫生拿了一張病危通知要我簽。我鎮定地接過紅單，心想「這一天終究來了」，簽完後感慨地把單子交給醫生，走到父親的床邊伴著他。過沒兩分鐘，「黃先生，麻煩你過來一下……」醫生把我叫過去，低聲跟我講：「不好意思，剛剛搞錯了，那張單子是隔壁床病人的。」這是什麼狀況！我竟然簽到別人的病危通知！但聽到那一瞬間，心裡總是鬆了口氣，不過隔了五秒，醫生拿出另一張紅單：「這張才是你爸的病危通知，麻煩簽一下喔！」我才剛浮出水面喘了口氣，頭又被壓回到水裡……

現在回想起這件事，我不禁在電腦前嘴角失守，因為這實在是太荒謬可笑了！卓別林說：「人生近看是悲劇，遠看是喜劇。」大概就是這個意思吧……不知為何，突然好想吃「柑仔蜜」，懷念那鹹中帶甜，甜中帶辛的豐富滋味……

棗泥月餅

我接過月餅，
細細的小雨不停地落在臉上，
父親緊緊地把我摟在身旁，
我咬下了一口月餅，
棗泥的甜膩，至今深深印在我心裡……

很多人在看完《小兒子》後，紅著眼眶向我訴說這齣戲帶給他們的感動。有些朋友是長年照顧年邁父母的辛酸，得到了抒發；也有些朋友之所以被觸動，是因為後悔當時選擇了工作，沒能好好陪父母走完最後一程。

許多人好奇，我在改編的過程當中，是否融入自己的人生體驗？我必須誠實地說，現實生活中的我，稱不上是個孝順的兒子。《小兒子》某種程度上，算是幫我圓滿了親情的缺憾。

父親因為糖尿病的關係，臥病多年，去年十二月過世了。

父親和家人的關係可說是若即若離。他原先的工作是開公車，後來為了家計，晚上兼開計程車。某次被人檢舉之後，父親丟了公車的正職，從此一蹶不振，在工作上不是太積極，彷彿都市的遊牧民族一樣，計程車開到哪，就睡到哪，偶爾回家洗個澡就出門；撫養小孩的重擔，幾乎是母親一肩扛起的。雖然他在工作上懶散，但父子間鮮少有直接衝突，或許是父親比較喜歡跟孩子們說笑，也不會打罵小孩的原因吧。

看到母親兼三份差的辛勞，我對父親心裡難免有怨，只是礙於傳統家庭父權至上的觀念，年紀稍長後的我，也只敢用很委婉的方式鼓勵父親努力工作，但卻換回了他的一句：「欲拚沒志氣，欲死沒勇氣。」聽到這句話的我，有點不知所措。畢竟當時我還是個高中生，正值青春年華，不管是在學業上、社團上都是力求積極表現，對於未來的世界充滿各種可能的繽紛想像，我難以理解為何有人要自暴自棄，而且那個人還是我的父親……

以世俗的觀點，兒子這麼說自己爸爸不太好，但他就是台語「懶軟」（la’m-nua）所形容的那個樣子，不太注意自己的健康和衛生，才五十多歲，糖尿病的症狀就一一浮現了。記得那時，我從天母搬家到木柵，請開計程車的爸爸幫忙載一些雜物，我發現他油門踩得斷斷續續，車速也偏慢，不知道在怕什

故事工廠《小兒子》劇照。

麼，似乎前方道路隨時會衝出什麼怪物。那次之後，我隱約覺得他身體快不行了，他大概也知道自己快不行了，只是我們父子間有一種彼此都不說破的默契。我口頭隨意叮嚀他幾句照顧身體，他敷衍回應我幾句，然後就當沒事了……我不說破，是因為害怕他如果真的病倒，我就要照顧他了；父親不說破，是因為他知道自己對家庭有愧，怕拖累我。於是，我們彼此都選擇了逃避，希望老天爺這張難答的考卷，可以晚一點發給我們。

大概兩、三年的時間吧，父親的身體漸漸惡化，某天他跟我說：「你幫我問一下車行，這台車能賣多少錢？」我一聽知道不妙了：「……你要賣車喔？」父親低著頭說：「我白內障，白天看不到路，沒有辦法開車了……」我沒有太多的猶豫，就答應幫父親把那台老計程車報廢賣了。眉頭深鎖的父親接著說：「看賣多少錢攏予你啦……」我知道他擔心自己沒有存款，會造成我負擔，我也不知道哪來的自信，深吸了一口氣對父親說：「你免煩惱啦，以後我會照顧你。」

從那天起，照顧父親成為了我生活中的工作之一，他每個禮拜要洗腎三次，還有不定期的門診……掛號、陪診、繳費、領藥這套無限輪迴的流程，漸漸讓我失去耐心。坐在醫院長長的候診椅上，聞著消毒水的味道，我常常心想：「我才三十二歲，身旁的朋友都在衝事業、做自己想做的事，為什麼我每個禮拜要花十幾個小時待在這棟白色的建築裡？」

我一度覺得父親像是某種寄居的生物，如同水蛭一樣，附著在我身上，不斷吸吮我的鮮血，一點一滴啃噬著我美好的前途。我曾不只一次自私地幻想著父親從我的生命中消失，但這個黑色的念頭一出來，就會被我的道德感強烈譴責，就像打地鼠一樣敲回洞裡。

某天我心情很悶，跟大學同學高炳權聊起我的狀況，我想他爸爸因病早逝，同學間大概也只有他有照顧爸爸的經驗吧。聊天過程中他的一句話點醒了我：「你要原諒你爸爸。」或許吧，我當時的心裡充滿太多的怨，我覺得父親以前不夠照顧家庭，那為什麼現在我要照顧他？愛，應該是一種平等的對待，不是嗎？

從那天起，我試著去告訴自己：原諒父親吧！殘破的身體已經讓他付出代價，他已經老了，我也不再是個孩子了，照顧父親會讓我的靈魂更加強大，重量的承載就像是鐵匠手中的大捶，反覆地敲打才能鍛鍊出生命的韌性。

一個轉念後，我腦中開始浮現出一個遙遠的童年記憶……我從小就受父親的影響愛上棒球，他是兄弟象迷，我是味全龍迷，這兩隊是死對頭。某年的中秋節，父親帶我去台北市立棒球場看龍象大戰，這兩隊堪稱是中華職棒的熱門組合，比賽總是一票難求。那天我們沒買到票，又不甘心花三倍的錢買黃牛票，父親就帶著我跑到隔壁體育場的頂樓，遠遠看著比賽的進行；雖然選手就像螞蟻一樣小，場內傳出的加油聲還是十分有感染力。後來看到第八局開始下起小雨，父親打算帶我回家，就在我們走出體育場時，剛好遇到有人從棒球場離開，他說如果我們想看比賽的話，票根可以給我們。就這樣，父親牽著我的手，興奮地進場了，而且還陪我坐在味全龍的加油區。或許是天氣濕冷吧，我們肚子餓了起來，父親一看，外野沒有販賣區，球場外的烤香腸攤販老早就撤了，我有點失望地跟父親說：「沒關係，沒有就算了。」然後父親從外套口袋拿出一塊月餅：「只有這個倘呷，好否？」我接過月餅，細細的小雨不停落在臉上，父親緊緊地把我摟在身旁，我咬下了一口月餅，棗泥的甜膩，至今深深印在我心裡……

……那場中秋夜的棒球賽，是我這輩子為數不多和父親的甜蜜記憶，雖然不是什麼可歌可泣的故事，但我知道那塊棗泥月餅是爸爸身上唯一可以吃的東西，然後他給了我……雖然沒什麼了不起，但我有這個故事就夠了……一個就夠了……

有一次，父親要我幫他剪腳趾甲，看著那又黃又厚變形扭曲的灰指甲，任何正常人的反應都會覺得噁心。只是當我觸碰到父親的腳趾時，不知道從哪傳來了一股棗泥味，我深吸了一口氣，然後默默地、靜靜地把父親髒穢的腳趾甲，一塊塊地剪了下來……

輯二

劇場

扮別人的故事，流自己的眼淚

輪不到你

人要守本分，
不能因為自己看不順眼，
就踰越了份際，
要尊重在那個位置上的人。

大四畢業那年，同學選擇了一齣義大利即興喜劇《一個僕人兩個主》作為畢業製作的作品。身為導演的我，自以為是地背負起台大戲劇系第一屆的使命，希望這齣戲能為系史留下漂亮的第一筆紀錄。

排了近三個月，最終演出的笑果仍差強人意——我根本不懂喜劇。首演之後，恩師李國修約了我到景美的一家麻辣火鍋店，進行小小慶功宴。但沮喪的我不知道要慶什麼功，只是一味地喝酒，胡亂吃了點食物；低落的情緒，竟讓我忘記了自己酒量不好的事實。根據多年實驗證明，黃致凱的酒量可分成三種慘不忍睹的層次：「一杯，關公」——我一杯就臉紅了，過去還以為是自己肝好，後來才知道那是酒精代謝差；「兩杯，包公」——我喝到第二杯臉就發紫了，大概就像是上吊自盡那種豬肝色吧；「三杯，土地公」——我喝到第三杯就天旋地轉，只能坐在原位，動彈不得，活像土地公……那天在麻辣火

黃致凱與恩師李國修合影。

鍋店，我不小心喝了第四杯，然後，慘案發生了——我一邊喝，一邊掉淚懺悔自己學藝不精，「老師，我辜負了你的教導——」這句話還沒有說完，我突然腸胃一陣翻攪，還來不及消化的鴨血、蛋餃、香菇、肉片……化為一道虹彩，從我的口中噴射而出，吐在修師身上。他老人家不愧是修養深厚的大師，不疾不徐地清理後，還搭著我的肩安撫著我（印象中那是我最後一次坐他隔壁，後來吃飯他都叫我坐對面，我猜想他大概算過我的射程）。

後來我繼續向修師告解，反省自己在戲劇系四年學得不夠扎實，我想要在畢業前寫一封萬言書告訴系主任，我們花了太多精力在讀國外經典，與其花時間查英文字典，我寧可花時間學表演和導演的基本功，我不要學弟妹像我一樣……但這個萬言書計畫，馬上被修師阻止。他說為人處世有三原則，「第一，個人頭上一片天」，每個人要看見自己存在的價值；「第二，輪不到你」，人要守本分，不能因為自己看不順眼，就踰越了份際，要尊重在那個位置上的人。「你今天是個學生，就做好學生的本分，輪不到你去教系主任怎麼教學生。」這句話讓當時義憤填膺的我，恍然大悟自己的不成熟；修師接著說：「第三，輪到自己扛起來」，如果有一天，你被賦予了某些責任，那就不能推託，要對自己負責。

修師這番話一直放在我心裡，多年後，很多輪不到我的事，已經輪到我了。

嗯，我會記得，輪到自己扛起來！

扮別人的故事，流自己的眼淚

我心疼著演員為了上不了台，
都骨折了還要跟我道歉……
我在側台眼淚一直掉，
更不敢讓其他團員看見……

演員是一門特別的行業，三百六十行當中，好像哪一行都不是，但又必須去扮演其他三百五十九行。過去演員被視為「下九流」的行業，時至今日，演員的社會地位較受到尊重，但仍有許多不足為外人道的辛苦。

幾年前，我和明華園合作改編了洪醒夫的小說〈散戲〉，由於口碑不差，後來進行第二輪加演。《散》是一齣戲中戲，講述五〇年代後，電視、電影出現在老百姓的生活中，歌仔戲榮景不在，紛紛從戲院內台退到廟口做野台戲，戲班子的成員遭逢生活困頓，有的轉行，有的咬牙苦撐。

台東首演我坐在台下，演到下半場時，本來輪到飾演「春生」的演員講話，但他沒上台，而是由另一個演員代講台詞：「秀潔，春生今天身體不舒服，他要我告訴妳，海湧滾滾的機關，他一定會做出來。」我直覺不妙，後台一定出事了！我拔腿往後台狂奔，看到「春生」坐在椅子上，表情痛苦難耐，他泛著淚光對我說：「導演，對不起……」他的右手腕像湯匙的弧度扭曲變形，我低呼：「他骨折了，直接送急診！」

原來「春生」在暗場時，不慎踩到置景用的板車，在滑倒時用手撐地，然後聽見「咔」一聲，他知道完蛋了。現場大家無暇去歸咎責任，所有人滿腦子只想著一件事情——戲要怎麼演下去？

當時，舞台上正巧演到戲班有團員「出班」（離團）、有團員腳受傷，團主又臨時找不到人，只好緊急調度，角色大風吹的結果，造成《秦香蓮》演出烏龍不斷；

而後台，竟上演著一模一樣的戲碼。我疾速翻著劇本，在後台穿梭，趕緊把「春生」的戲份分配給別人，然後這些演員立馬上台，繼續演出烏龍不斷的《秦香蓮》。

看著台上演員賣力的神情，聽到台下觀眾的笑聲，我眼淚一直掉，我真的好難過，演員不管發生了什麼事，都要上台演戲，該哭的時候哭，該笑的時候笑，把人生百態呈現給觀眾，把自己的心酸藏在角色背後。我心疼台上的演員，明知道後台出事，還要裝做若無其事地逗笑台下的觀眾，我也心疼「春生」為了上不了台，都骨折了還要跟我道歉……我在側台眼淚一直掉，我不敢讓其他團員看見，因為我的角色是導演，我必須沉著冷靜地處理狀況，我得把我的戲演好。當下，我心裡不斷浮現《散》劇裡自己寫的一句台詞：「我們演員是扮別人的故事，流自己的眼淚。」

當天演出，在眾人齊心協力之下一路演到結尾高潮「樊梨花產下麟兒大破金光陣」。我利用旋轉舞台呈現身懷六甲的演員阿蘭演到一半動到胎氣，在後台生下小孩，被抱上台當活道具的生動場面——事實上，這是陳勝福總團長的真實故事，當年他的母親因戲班人手不足，硬是頂著大肚子上台演出《梁祝》，演到一半發現即將臨盆，便即興和對手說：「英台，我在前面的五里亭等你。」這梁山伯一下場，就再也沒上過台，後來戲怎麼結尾，也不得而知了。

當天，演出這個活道具的是我四個月大的兒子，看著孫翠鳳老師抱著他在戲台上說：「我們歌仔戲有傳了！」我在側台感動莫名。觀眾熱情的掌聲似乎讓我明白了，為什麼演員的工作再苦再心酸，都還能堅持站上舞台的原因。

劇場裡的完全比賽

舞台劇的演出和棒球比賽一樣，
都是ＬＩＶＥ的，不能ＮＧ，
只要有任何一個閃失，
觀眾會馬上出戲，
好不容易建立的幻覺就全部破滅。

棒球場上有一種特殊紀錄叫「完全比賽」（Perfect Game），要達到這項紀錄得在至少九局的比賽裡，沒失分，沒讓對方上壘，投手沒讓對方打出安打、沒投出觸身球、沒四壞保送、野手沒失誤。完全比賽被視為最難完成的一項紀錄，因為不只投手要有壓制力，其餘守備的八個隊友也不能有任何閃失；這項偉大的紀錄中華職棒至今仍未出現過，美國大聯盟ＭＬＢ一百三十多年的歷史，也不過出現二十三場。

舞台劇的演出和棒球比賽一樣，都是LIVE的，不能NG，不能重來，而且都講求團隊合作。一場完美的演出，得要台前台後所有人在同一秒鐘把事情做對，這齣戲才會好看。演員的台詞得準確，燈光的氛圍得符合角色心境、音樂的音量恰到好處、舞台布景得推到定點，只要有任何一個閃失，例如燈光提早暗了，或是投影放錯檔案，台上的戲就毀

黃致凱劇場排練工作照。

了，觀眾會馬上出戲，好不容易建立起的幻覺就全部破滅了。

劇場是一門時間與空間的藝術，內容正確了，出現的Timing晚了，氛圍就不對了；Timing對了，內容錯了，一樣不行。身為一個劇場導演，我一直很希望能每場演出都是「完全比賽」，演員與技術人員沒有任何差錯，完整執行每一個細節。但很遺憾的，我在劇場做了十八年，「完全比賽」還沒發生過。也許觀眾不知道今天演員的台詞少講了一個字，或是換景的時間比昨天慢了三秒，但是我們很清楚知道，自己哪裡做得不好。

《千面惡女》在台北演出的最後一場，就在最後十幾分鐘的高潮戲時，電動紗幕卡住了升不走，演員硬是在紗幕前把戲演完。謝幕時，我上台向兩千多位觀眾道歉。回到後台，我難過掉淚自責不已，雖然絕大多數觀眾不知道我們布景故障，還以為那塊白紗幕是一種導演手法，象徵一幅空白畫讓觀眾自行用想像力填滿，但是我的良心告訴我——我們錯了。結束後，我沒有責罵任何人，我知道沒有人想犯錯。

讓我們再從劇場回到球場，曾經有一回，我身屬的普普河豚隊在乙組新店聯盟的聯賽中，一路過關斬將打進冠軍賽。對手實力高我們一截，敵隊先發投手在六局的比賽中，三振了我們十二次，他自己還兼第四棒打了一支全壘打（這在乙組超難），但最後贏球的是我們……為什麼？因為只要隊友一失誤，敵隊主將就火冒三丈怒責叱罵，大家越來越沒信心，導致接連失誤，彷彿球場上是他一個打我們九個，而我們在教練孔鏘的帶領下，團結一心，逆轉獲勝。

時間回到紗幕故障當天的演出後台，技術人員在搶救機關，我和舞監林世信緊急討論如何改變表演區塊、調度演員走位，沒有驚慌，沒有責罵，所有人都冷靜地在等待我們發落。演員上台後，就在比平常小二分之一的表演空間內，奇蹟似地把舞跳完，把歌唱完，觀眾看不出來有明顯瑕疵或混亂。演出結束後，大家感動不已擁抱彼此，因為我們度過了一場演出危機；雖然這不是完全比賽，但我想我們得到比完全比賽更重要的東西，叫做團隊信任。

他們的戰場，在我們看不見的角落

我看著劭婕舉槍在空中晃了一秒，
但沒有槍響，
坐在觀眾席的我心想慘了……
這槍沒有響，
後面的戲就很難進行下去了……

《莊子兵法》是我所有作品裡面技術條件最簡單的，同一個場景打到底，演員也不用換裝，唯獨讓我擔心的是戲裡開槍的場面。每當戲進行到奪槍場景時，我都會心跳加速，因為這不僅是情節的高潮，更是具有危險性的技術場面，我們用的不是槍聲音效，而選擇在場上使用真實的火藥槍，製造出視覺（槍口有火光）、聽覺（聲響和真槍一比一）、嗅覺（觀眾聞得到煙硝味）三合一的震撼。

原定的橋段是，飾演網紅主播的劭婕在混亂中搶過槍，一邊喊著救命，一邊拿著槍胡亂比畫，另一個演員斗哥就會說：「第一次看到拿槍的人喊救命的！」通常講完這句台詞，觀眾都會大笑，接著劭婕在驚慌中對空開了一槍，全場被這個巨大聲響嚇得鴉雀無聲。那天演出到這段時，我看著劭婕舉槍在空中晃了一秒，但沒有槍響，坐在觀眾席的我心想慘了，不知道是槍的電源沒有開，導致電子點火的裝置失效，還是子彈是「奧炮」，總之這槍沒有響，後面的戲就很難進行下去了……就在我腦子百轉千迴的瞬間——槍聲響了！——我知道是側台補的槍，因為槍聲和演員的動作幾乎配合地天衣無縫，所以觀眾依然被槍響震撼。然後，斗哥依照劇情把槍從劭婕手上搶了過來，經驗老道的他，趕緊把槍托上的電源打開，讓戲正常進行下去。

側台那一槍是怎麼來的？故事是這樣的：為了開槍的特效，劇團找了好幾家廠商，經過不斷測試，確保每一槍都能被擊發，因為舞台劇不能ＮＧ，不能重來，儘管從技排到彩排，都沒有出錯，但以防萬一，我還是安排了助理導演阿倫拿著一把備用的槍站在側台，只要槍枝沒有擊發，下一秒，他馬上就要補開一槍。換句話說，阿倫從判斷要不要補槍到手指扣下板機，只有一秒鐘的時間。因為他是全劇組除了我和舞監之外，最清楚演員戲劇動作的人，我只能信任他，也必須信任他，也因為有了他，戲才得以進行下去……他從技排、彩排、台北的四場演出，每一場都蹲在側台 stand by，隨時在黑暗的側台待命，只為了台上一個不確定會不會發生的突發狀況……但這一切觀眾都不知道。

一場演出能「順利地」進行，原來背後是許多人的默默付出，預先為任何突發狀況做準備。生活中食衣住行的大小事，我想也是一樣的道理吧，我們能順利地搭上一班捷運、順利地傳出一封簡訊、能順利地洗個熱水澡……這背後可能有許多我們不知道的突發狀況發生了，然後被解決了……

生活中的「順利」對我們來說是一種理所當然的平凡，但真相是有一群人幫我們解決了不平凡的狀況。他們的戰場，在我們看不見的角落。

演員在台上掉淚了，
觀眾在台下也掉淚了。
演員讓角色活了一次，
觀眾也讓自己活了一次；
只要你相信。

莎士比亞沒有殺過人

印象中，第一次意識到自己在演戲，大概是六、七歲時，我們一群小孩子聚集在教堂前的空地，有個年紀稍大的姊姊帶領著我們，沒有台詞，只有簡單的劇情：一個人演理髮廳的老闆娘，一個人演客人。老闆娘幫客人剪完頭髮後，一邊看著電視裡的賽馬，一邊幫客人洗頭。但老闆娘過度投入比賽，自以為是騎師，竟渾然忘我地把客人當成馬騎，把頭髮當成韁繩拉扯。其他小朋友們輪流當演員和觀眾，只要老闆娘拉扯頭髮的假動作越激動，客人假裝哀叫得越慘烈，觀眾就笑得越開心——從頭到尾，沒有人真的受傷。

前幾年，聽聞義大利電影名導貝托魯齊（Bernardo Bertolucci），在拍攝《巴黎最後探戈》時，私下和男主角馬龍白蘭度（Marlon Brando, Jr）討論，決定臨時加一場性侵女主角瑪利亞史奈德（Maria Schneider）的戲，導演希望瑪利亞能真實呈現女人被羞辱的感覺，便要馬龍白蘭度「假戲真做」。拍攝結束後，瑪利亞認為「自己好像被強暴了」，爾後一直活在被羞辱的陰影中，還染上了毒癮，二〇一一年便辭世了。

關於表演，我們都希望能達到「真實」，但表演藝術工作者應該要「創造」真實，而非「直接呈現」真實，如果創作者希望呈現完全的真實，那就應該去拍紀錄片。關於貝托魯奇，我只能慶幸他拍的是劇情片，否則依照他的邏輯來拍警匪片，那麼開槍中彈也應該來真的，演員痛苦的表情保證逼真，哀嚎的聲音絕對天崩地裂，而且連道具的血包都可以省下來。

「假戲」從來就不必「真做」，表演藝術之所以稱之為「藝術」，就在於演員需要咀嚼故事文本之後，透過自我對生活的體悟，用肢體與聲音作為手段，將角色呈現在觀眾眼前，讓觀眾「彷彿身歷其境」，參與了角色的心情。而在三百六十行當中，也屬演員這行最特別，因為演員要扮演其他三百五十九行。觀察、模仿與創造是一個演員必須具有的三種技藝，一個演員不需要真的當過醫生，但他憑藉在舞台上說話的口氣、姿態與動作，就能讓觀眾相信他是醫生。

戲劇根基於現實，但不等於現實。我從來也不認為，創作者一定要像李後主一樣，經歷國破家亡，才能寫出動人的詞句；也不必像梵谷一樣，癲狂到割掉左耳，才能在畫布上揮灑出深刻的筆觸。

戲劇一代宗師莎士比亞，他一生創作了三十七個劇本，其中四大悲劇《馬克白》、《奧賽羅》、《李爾王》、《哈姆雷特》等，都充滿死亡的意象，劇中不乏自殺、他殺、謀殺等血腥場面，深度挖掘人心的黑暗處。但是莎士比亞沒有殺過人，他是怎麼寫出這些劇本的？——因為人有觀察力和想像力。只要我們用心觀察人生百態，傾聽社會各個角落的人的心聲，就能夠將心比心、體會那些自己並未真實經歷過的人生困境。

我覺得表演者和觀眾之間彷彿有一種默契，大家都選擇相信舞台上發生的一切是真的。演員在台上掉淚了，觀眾在台下也掉淚了。演員讓角色活了一次，觀眾也讓自己活了一次，只要你相信。

有些事，你要先相信才會發生

有些事情，發生了你才會相信，
例如台北市的陽明山下雪；
但有些事情，你要先相信才會發生，
例如愛情、幸福、成功。

故事工廠創團作品《白日夢騎士》裡，有句台詞我自己很喜歡：「演戲本來就是假的，那些走進劇場的觀眾，都是自願被欺騙的人。」

二〇一五年八月，我和北藝大遊學團去英國參訪了名聞遐邇的愛丁堡藝穗節（Edinburgh Festival Fringe）。那裡是表演藝術的天堂，不親自造訪，很難以想像為期三個禮拜的活動中，有戲劇、音樂劇、魔術、雜耍、舞蹈……等三千多場的大小演出，在教堂、學校、街頭、草地上的帳棚……等任何空間發生。我印象最深的是其中一個體驗式節目叫做「Silent Disco」：買了票的人，在街角集合，每人可以拿到一台隨身聽，戴上耳機之後，可以聽到動感的音樂，以及DJ（主持人）的指令，然後這群人形成了現實世界之外的平行時空。就在光天化日之下，有一群人罔顧他人眼光，在街頭跟著DJ的引導，瘋狂地拍手、扭動身體，彷彿是集體起乩，把整座城市都當成他們的舞廳。而

故事工廠創團作《白日夢騎士》劇照。

DJ就像穿著彩衣的吹笛手，用魔力召喚了一群追隨者。目擊這一切的我，看得十分入迷，我好奇這些人怎麼有辦法，在街頭憑空構築了一個超現實世界？——想像力。

人類和其他動物最大的差別就是——人有想像力，於是我們可以虛擬一個自己沒有經歷過的世界，甚至無中生有地創造事物，例如寫劇本。許多人都羨慕編劇的工作可以天馬行空地想像，但編劇其實是世界上最孤獨的行業之一，因為你必須是全世界第一個相信這個故事的人；除了你之外，沒有人知道這個故事會長成什麼樣。你必須得要有堅強的意志力，才能夠原創一個故事，然後帶領觀眾走進你的異想世界。這個心境，不僅可套用在劇場創作，套用在其他領域亦然。

有記者在麥金塔發表時問賈柏斯（Steve Jobs）是否做過市調，賈柏斯對這問題嗤之以鼻：「貝爾（Alexander Graham Bell）發明電話前，做過市調嗎？」他還說：「當年若是福特（Henry Ford）問顧客要什麼，他們會回答一匹跑得更快的馬，而不是一台汽車。」賈柏斯的結論是：「除非你拿出東西給顧客看，不然他們不知道自己要什麼。我們的任務是預知。」

有些事情，發生了你才會相信，例如台北市的陽明山下雪；但有些事情，你要先相信才會發生，例如街頭的那場「Silent Disco」，或者愛情、幸福、成功。大多數的時刻，人們都在接受眼前的既有事實，因為這些事實不費吹灰之力的擺在眼前，一切都是有跡可尋，有理可依；但若這些事實無法滿足你，你是否敢去想像未來可能的形狀？你是否有勇氣踏上未知的覓途？你是否有堅強的信念支持你去實驗？如果所有事情都要等到有把握才去做，那麼我們的人生會在原地打轉——有些事，你要先相信才會發生。

小時候活潑、愛往外跑的黃致凱，腦袋裡總有許多古靈精怪的鬼點子。

〔右上〕童年黃致凱。

〔右下〕小時候的黃致凱與爸媽、姊姊與妹妹合影。

〔左上〕大學時期和台大戲劇系同學合影；左起依次為：郭耀仁、林子恆、高炳權、黃致凱。

〔左下〕黃致凱與恩師李國修合影。

故事工廠創團劇《白日夢騎士》劇照。

〔左、右〕故事工廠《莊子兵法》劇照。

〔上〕明華園戲劇總團《散戲》劇照。
〔下〕明華園戲劇總團《俠貓》劇照。

為靈感銀行開戶

比起靈感，
更重要的是「心有所感」；
只要內心對這個世界充滿好奇，
不斷地提問，
我相信每個戶頭都會有源源不絕的
靈感存入。

很多人常好奇地問：「你們這些做創作的人，為什麼有源源不絕的創意？你們都是怎麼找靈感的？」我想每個創作者的習慣不同，答案也不太一樣。我聽過狄更斯（Charles Dickens）每天下午散步三小時，然後把這三小時當中的觀察寫入故事裡；也聽過在澳洲有個女作家一直寫不出讓自己滿意的恐怖小說，所以真的去殺人；當然，她最後被判刑了。

我沒有狄更斯那麼浪漫，也沒有澳洲女作家的瘋狂；對我來說，靈感是不可靠的，就像是偶然吹過的一陣風，不知道它什麼時候出現，也不知道什麼時候消失。如果過度依賴靈感，那麼創作就會處於一種不穩定的狀態，但我每個月要固定支出水電費、網路費……嗯，還有小孩子的保姆費……更別說劇團每年都要推出新作來維持營運了。

所以我不能等到有靈感的時候才創作，那只會讓劇本進度停滯不前。對我而言，沒有找靈感這件事，靈感是平時就要積累的。在我腦中有個靈感銀行，只要我對某個故事題材「心有所感」，就會在腦袋中「開戶」，然後把生活中相關的所見所聞，統統都存進銀行，最後再「零存整付」，一次提領。

幾年前在與明華園合作時，曾聽陳勝福團長提起他已故的父親陳明吉先生，當年為了怎麼在戲台上製造出「海浪滾滾」的效果，苦惱不已。某一天在早餐店看人家炸油條時，他望著鍋內不斷翻滾的麵團，突然有了靈感，於是他請人把兩條布交纏，捲成類似油條的麻花狀，然後在「油條」的中間加上輪軸，這樣只要有人在側邊搖動把手，輪軸就會帶動「油條」旋轉，看起來就像「海浪」了！但海浪是一層又一層的，於是還需要再做另一根「油條」，這樣一前一後，一高一低，兩根油條同時滾動，就能製造出「海浪滾滾」的視覺！

為什麼我們在看人炸油條時，只會流口水，而陳明吉先生能從中頓悟，並發明了明華園獨有的立體水景？因為他在腦中開了一個「海浪滾滾」的戶頭。

某次在《偽婚男女》排練時，美玲導演也分享了類似的有趣觀點。她說：「為什麼牛頓被蘋果打到之後，會發現地心引力？那是因為他一直在思索這個問題，所以蘋果的掉落剛好給了他靈感，觸發他的思考。」如果今天坐在樹下的換成是我，可能會把這顆蘋果直接吃掉，就算我被砸了一百次，也頓悟不出什麼大道理；因為我在腦中並沒有為「地心引力」開戶，所以蘋果往下掉，對我來說只是一個理所當然的現象，不是什麼珍貴的靈感。

於是乎比起靈感，我認為更重要的是「心有所感」；只要內心對這個世界充滿好奇，不斷地提問，我相信每個戶頭都會有源源不絕的靈感存入。

這隻蚊子我該打嗎？

身為藝術工作者的我，
應該用美來展現生命的各種樣態，
但我卻為了滿足視覺上的美感需求，
就去傷害另一個生命，
我憑什麼？

在創作新戲《莊子兵法》時，我陷入前所未有的困境，莊子的核心思想是「知其不可奈何而安知若命」，我一直思索人為什麼會有痛苦？人類到底是先有思考，還是先有煩惱？要怎麼樣才能真的至樂逍遙？我試圖把莊子的寓言和我自己的生活做連結，其中這個小故事讓我回味許久。

某個夏天清晨，我一如往常地到陽台幫盆栽澆水，我赫然發現柚子幼樹的葉子怎麼一夜之間掉了好幾片，仔細一看，發現葉子背面多了幾隻毛毛蟲，原來是被牠們啃掉。我查了一下圖鑑，才知道這是無尾鳳蝶的幼蟲，專門喜歡吃柑桔類植物的葉子。

陽台上有嬌客來訪，讓我像小孩般興奮，每天回家第一件事就是觀察毛毛蟲的成長進度。當結蛹的時候，我更是細心呵護，害怕風太強把蛹吹走，擔心雨水太大把蛹濺濕，我深怕一個閃失，就不能看到鳳蝶羽化了。

某一天我在「巡田水」時，發現蝶蛹上面多了一個小黑點，那是一隻寄生蜂。我上網查了一下，發現寄生蜂會在蛹裡面產卵，然後等蜂卵孵化之後，就會以蛹肉為食，直到長大再咬破蝶蛹而出，到時我看到的不是斑斕的蝴蝶，而是噁心蠕動的蜂蟲。於是我立馬拿著一隻剪指甲的小剪刀走到陽台，把寄生蜂從蜂蛹上挑起來，但趕走了，牠又飛回來，為了能見到我的無尾鳳蝶在空中翩翩起舞，我只好用我的如來神掌，讓這隻寄生蜂去投胎了。

當晚，我讀到莊子的〈齊物論〉裡的兩段文字，讓我心有所感。一段是：「非彼無我，非我無所取。」意思是說沒有我的對應面，就沒有我本身；沒有我的本身，就沒有辦法呈現我的對應面。莊子又說：「物無非彼，物無非是。自彼則不見，自知則知之。故曰彼出於是，是亦因彼。」大意是說事物原本沒有所謂絕對的是與非，所看到的只是事情的一面，從事物相對立的那一面看便看不見這一面，如果再從事物對立的這一面看就能有所認識和了解。

這兩段充滿哲理的文字，讓我怵目驚心。我反省自己憑什麼為了想看到蝴蝶羽化，就把寄生蜂打死，是因為牠的名字噁心？還是牠的行為噁心？我反思，寄生蜂的名字是人類取的，不是牠自己取的；如果蝴蝶羽化是一種生命蛻變的美妙階段，那寄生蜂產卵不也是延續生命的一種美好？「蝴蝶蝴蝶生得真美麗」這句歌詞是從人類的觀點出發，也許在昆蟲的世界裡，蝴蝶是一種畸形可怕的怪物。身為藝術工作者的我，應該用美來展現生命的各種樣態，但我今天卻為了滿足視覺上對美感的需求，就去傷害另一個生命，我憑什麼？

霎時間，我好像理解了自己的創作困境。一個人會有痛苦，就是因為自我的執念太強，無法從對立面去思考事情，不願意看見或接受自己的失敗。但這世界上真的有絕對的成功或失敗嗎？蝴蝶成功羽化，代表寄生蜂產卵失敗；寄生蜂產卵成功，就代表蝴蝶失敗。除非我們希望這世界上的物種越來越少，否則就應該順著大自然法則繁衍後代，汰弱存強，不是嗎？如果我們拉高格局，從整體生物的角度來看，物種之間還有所謂的優劣，還有所謂的成敗嗎？

想到此處，有種豁然開朗的感覺。這時一隻蚊子，飛到我的眼前，這隻蚊子我該打嗎？

歸零

我這輩子不會只寫一個劇本，
好的點子在這齣戲不合適，
下齣戲再用就是了——
我決定讓自己歸零，砍掉重練。

一年前吧，我和老婆去逛建國花市，老婆挑了一盆七里香，從此家裡的陽台總是飄逸著陣陣香味，不斷冒出的白色花苞，讓我這個園藝小肉腳，霎時對自己的信心爆表……直到前陣子，我發現葉子上面有一層黑黑黏黏的髒汙，一開始還在懷疑是空氣汙染嚴重，直到花開始凋謝，我覺得不對勁，經詢問網友後，才知道這叫「煤煙病」，是蚜蟲啃咬葉片後，排出的蜜露，導致真菌或黴菌附著在葉片上生長。

在網路上做了一些功課後，我決定把受感染的葉子摘掉，但看到那些感染輕微的新芽，還有即將綻放的花苞，我竟陷入了是否要剪枝的天人交戰：我猜想新芽或許會自己康復吧，現在剪掉了，不就是一點機會也不留給人家嗎？再來，花苞再兩三天就要開了，我平日澆水施肥不就是為了開花的到來？現在距離綻放，只有一步之遙，剪掉不就代表要一切重來嗎？……優柔寡斷的我，最後決定讓這些新芽和花苞留在枝頭上，靜觀其變。

數日後，事實證明我的不捨，留下的不是希望，是後患。沒有根絕的煤煙病，不僅讓花苞枯萎，也讓植株的狀態依舊虛弱。我若放不下這幾片葉子和花苞，換得的是一株暫時死不了，但絕對活不好的七里香……

我再度拿起剪刀，下定決心，把這些來不及綻放的枝芽花苞統統剪掉，最後整株七里香光凸凸的，一切歸零，重新來過。

這種置之死地而後生的歸零信念，其實源自於我十幾年前的創作經驗。

我人生中第一次正式寫劇本是《合法犯罪》，那是齣推理劇，對於一個二十八歲的新手來說，難度算是非常高。

那時我還在當兵，部隊位置在陽明山的某雷達站。白天要站哨，下哨的時間不是操練就是打掃，再不然就是清點彈藥、擦槍……唯一屬於自己的清靜時間，就是站夜哨，這樣我便可以坐在安官桌，利用時間寫劇本。好不容易靈光乍現時，我通常是抓住感覺，趕緊往下寫，害怕思緒一旦斷掉就接不回來了。也因此經常寫到欲罷不能，超過了交接的時間，讓下一班安全士官多睡了好一會兒……不知道是不是這個原因，弟兄們對於我創作這件事，都是支持鼓勵的。

只要我劇本卡住，我就會閱讀手邊的幾本推理小說來找靈感。那時我剛讀完了「本格派大師」橫溝正史的《八墓村》，深受啟發，決定要仿效他寫出令人意想不到的連續殺人情節。我以遊樂園為場景，精心設計了五個有不在場證明的謀殺場面，讓被害者一個一個倒下……記得我把第一稿長版大綱寫出來的時候，心情非常亢奮，想像著這齣戲演出到揭曉真相那一秒，猜不到兇手的觀眾會露出既扼腕又佩服編劇的表情……於是我就趁休假時，把稿子交給國修老師看。我期待著老師會在屏氣凝神、仔細讀完之後，以一副「孺子可教也」的態度點頭讚許。怎知，他老人家讀完後，眉頭深鎖，語重心長地跟我說了一句話：「我其實不在乎故事裡死了幾個人，也不在乎他們是怎麼死的。我只想知道兇手為什麼要殺人？」

這句話有如當頭棒喝，我好不容易建構的信心，就像被推倒的骨牌，瞬間瓦解。「你整理一下，讓自己歸零，打掉重來！」恩師如是說。

天啊！我構思兩個禮拜的橋段，輕易地被一句話否定，而這句話，我還真找不到任何可以反駁的理由。確實，恩師點醒我，犯案技巧再高超，不過是編劇在炫技；犯案動機的深究，才能探入挖掘人性的灰色地帶……但，我真的要重來嗎？

說實話，我一開始非常的不甘心，想要在原來的故事架構上，加深對於人物犯案動機的描寫；但怎麼樣改，故事就是散焦。原因很簡單，戲不比小說，長度有限，這個捨不得、那個放不下，最後就是沒有重點……我掙扎了好幾個禮拜，每天頭昏腦脹，甚至有點氣我自己，如果一開始想出來的東西很爛，我一定毫無懸念的放棄。但討厭的是，我覺得自己的東西還不錯，要丟掉實在太可惜了，但留下來，故事又會打結……不記得是第幾個失眠的夜晚，我想起國修老師在課堂上說過：「點子不值錢，用了才值錢。」他要我們不要因為想到一句很棒的台詞或有趣的橋段就沾沾自喜，然後發現故事走不下去了，還死守不放，這其實是創作者沒有自信的表現；點子不能用就丟掉，再想就是了……

我讓心情沉澱下來，告訴自己，我這輩子不會只寫一個劇本，好的點子在這齣戲不合適，下齣戲再用就是了——我決定讓自己歸零，砍掉重練。

說也奇怪，下定決心重寫之後，心情反倒變得輕鬆，我又花了幾個禮拜把人物關係打掉重新來過。中間國修老師、月姊、寶哥（顧寶明）也給了人生歷練尚淺的我很多寶貴意見。最終，我完成了一齣自己覺得勉強及格的推理劇。

轉眼間，十二年過去了。當初《合法犯罪》被捨棄的點子，在我後來寫的十三個劇本裡，從來沒再被拿出來用過，而我也不覺得有任何可惜的感覺；這時，我才領略恩師所說的那句話：「點子不值錢，用了才值錢。」

那株七里香，在細心照料之下，沒多久又冒出新芽，也長出如白玉般的花苞。國修老師大概也想不到，他當年告訴我「歸零」的觀念，除了讓我建立創作上的自信外，還在十幾年後，救了我的一盆花。

呃……

真實的世界，
越是深入了解就越複雜，
我們卻只想要用簡化的方式來理解，
但這只會讓人距離事實更遠，
不是嗎？

「呃……黃先生，我現在只能跟你說，可能是病毒引起的發燒，具體是什麼我們不確定，我們先吃退燒藥，還有抗生素，然後持續觀察……」醫生用很平淡的口吻向我和老婆解釋著兒子的病情。

我克制內心焦慮，盡量用平和的語氣追問：「他之前有因為腺病毒和腸病毒發燒過，這些病可能會復發嗎？」醫生頓了一下：「呃……我只能用排除法跟你說，腸病毒通常口腔會有破洞，你兒子看起來不是；他沒出疹子，所以也不是玫瑰疹。呃……發燒的原因有非常多可能，我沒有辦法跟你百分之百確認，除非要做細菌培養，但那個要好幾天喔，等分析報告出來了，通常也就出院了……」我帶著遲疑，禮貌性點了頭，送醫生離開病房。

看著病懨懨的兒子，纖細的手上插著點滴的針頭，讓人心疼不捨。雖然理智上相信醫生的專業意見，但不知道確切病因，總是使人不安。我拿起手機google了幾個關鍵字，胡亂看了些關於幼兒發燒的網路文章，隨意和老婆討論起阿弟可能的病因，偶或聊起親戚誰誰誰的小孩也是不明原因燒了好幾天……雖然我們的討論對於病情無濟於事，但好像不這麼擔心一下，就沒盡到父母的義務……兩天後，阿弟的燒退了，又多觀察了一天，醫生宣告可以出院了。雖然鬆了一口氣，但心裡仍有一絲的困惑與不踏實——因為我依然不知道，兒子為何發燒？

準備要開排《我們與惡的距離》舞台劇版前，我約了電視版的導演林君陽碰面，想和他請益交流一下對於劇中議題的看法。我很坦白地跟君陽講，在看公視的《與惡》之前，我對於思覺失調症患者殺人事件的看法，其實是很鄉民觀點的，也就是法律應該要保護被害者，實現社會的正義。追完十集的《與惡》之後，我的立場雖然沒變，不過，似乎沒有那麼絕對了。再看到相似的新聞時，我一樣會憤怒，一樣會難過，一樣會沮喪，但不會那麼快就從口中噴出「殺人償命」這四個字，因為加害者犯罪的原因太複雜了，我無法輕易地從單一角度去論斷這一切，甚至和朋友討論對這些案件的看法時，我每一句話之前會多一個「呃……」的停頓；我想，這個停頓意味著代表站在對立面的思索吧，也是對其他可能空間的保留。君陽說如果每個人在看待這樣的社會事件時，能多一個停頓，能夠多「呃……」個兩秒，可能很多對立、仇恨，還有不必要的恐懼就會減少很多。

君陽接著說：「其實很多人都一直想要找到無差別殺人的犯罪原因，好像知道為什麼，心就可以安了。就好像很多人去看病，都會一直問醫生『我是不是感冒？』事實上感冒是一個很籠統的名詞，醫學上稱為『上呼吸道感染』，可是引發感冒的原因很多，一個負責的醫生不可能斬釘截鐵地告訴你是哪一種感冒，但病人往往期待醫生能給一個標準答案，似乎這樣就能病得比較心安。」

人的恐懼，往往來自於對事情的無知。從前看過一本介紹蝶蛾的圖鑑，才知道蝶和蛾的幼蟲都是俗稱的「毛毛蟲」。蝶的幼蟲多半是無毒的肉脊或細刺，但也有有毒的；蛾的幼蟲多半身上有毒毛，但也有無毒的……如果我們能辨識品種，就不會害怕了。但大多數人沒有這樣的知識，為了自保，就會告訴自己的孩子毛毛蟲有毒不能摸，離遠一點，甚至有些小孩會在大人來不及阻止前，把蟲一腳踩死，或用石頭壓死，因為爸爸媽媽說牠們有毒……

快速地去定義恐懼，可以說是人類的懶惰通病，也可以說是「趨吉避凶」的天性吧。大家都只想要欣賞飛蛾翅膀上豔麗的紋彩、蝴蝶翩翩的舞姿，至於毛毛蟲呢？最好離我們越遠越好……

然而，蝴蝶真的美嗎？遠遠看到就被吸引過去，近看發現更美，最好能恰巧停在身上不動，讓我們來得及用相機的鏡頭，寫下這首人蝶浪漫邂逅的生活小詩。但如果拿顯微鏡來看蝴蝶，進入眼簾的會是巨大捲曲的口器，還有頭上許多奇奇怪怪的細毛與突出物，你可能會以為這是哪個星球來的噁心異形生物。

真實的世界，越是深入了解，就越複雜；我們卻只想要用簡化的方式來理解，但這只會讓人距離事實、距離真相更遠，不是嗎？

不過也因為世界太過複雜，我們不可能成為每個領域的專家，今天研究了毛毛蟲，但明天可能會發現蜘蛛和蜈蚣，就算成為了昆蟲專家，也可能遇到地震和土石流（誰會這麼倒楣？）……想到這裡，其實有點沮喪，好像無論如何，都會生活在恐懼之中。我只能告訴自己，不要那麼急著去定義恐懼，貼完標籤之後問題不會就此消失……無差別殺人事件的原因、不確定有沒有毒的毛毛蟲、兒子不明原因的高燒……呃……這一切有太多的未知了，或許只能把遇到的每個問題，當成是一個理解的開始吧！

呃……

能活下去，才能成為傳統

我們不能造勢，但我們可以順勢。活不下去，就變成歷史。能活下去，才能成為傳統。

波蘭女詩人辛波絲卡有首詩〈三個奇怪的詞〉：當我說出「未來」這個詞，才發出第一個音，就成為了過去；當我說出「沉默」這個詞，我打破了沉默；當我說出「無」這個字，我在無中生有。

很喜歡辛波絲卡對於「未來」的看法。時間是一個動態的概念，前一秒還是未來、這一秒成為現在，下一秒變成過去。人們總是對未來感到焦慮。某些時刻，我們期待改變；某些時刻，我們又害怕改變；某些時刻，我們想要拋下過去；某些時刻，我們又害怕過去消失。

先前與明華園合作的文學跨界作品《散戲》，故事改編自洪醒夫的同名小說。內容敘述民國五、六〇年代，一個企圖扭轉頹勢的歌仔戲班，不敵環境，凋零解散的故事。歌仔戲是台灣唯一土生土長的劇種，過去曾經風靡全台，在二戰後的黃金時期有超過三百個以上的職業劇團，但電視和電影出現之後，歌仔戲的市場遭受強力挑戰，沒幾年光景，戲班接連解散。資深前輩說，那個時候戲班連反擊的機會都沒有，還搞不清楚是怎麼一回事，就被時代給擊敗了。

台灣人有種矛盾的心情：我們希望傳統的東西繼續維持，但要想維持就必須與時俱進，可是創新之後的東西，又會被人批評失去了原汁原味——不過問題是，原汁原味的東西就是無法生存啊！以上的矛盾，讓我在創作的過程中卡關很久，我不斷思索在《散戲》裡，要怎麼看待傳統與創新之間的關係？某夜，我突然想起六年前在霧台，原住民好友瓦旦在石板桌前，一邊喝著小米粥，一邊跟我分享他帶領著

明華園歌仔戲《散戲》劇照。

原舞者做太魯閣族的田野調查時，曾經吃過一次閉門羹。族人不屑地對他說：「我們部落的歌，為什麼要教你們唱？為什麼要你們來為我們保存？如果哪一天它該消失，就讓它消失吧……」這個傲慢的回答十分出人意表，我相信那位族人不是抗拒傳承，而是希望部落的歌舞是順應著自然，在生活中發生，有尊嚴的被流傳，而不是以被「搶救」的樣態苟延殘喘。

我不斷咀嚼瓦旦提及的那段往事後，決定在《散戲》裡加上這段台詞：「你看那鍋蕃薯湯。我們都叫外省人老芋頭，認為我們自己是蕃薯。但是我聽人說，蕃薯本來不是台灣的東西，是紅毛人從外國帶過來之後，種在台灣的土地，結果適應得很好，台灣人也愛吃。幾百年之後，就變成我們台灣的代表。」

我想說的是，生活中的每件事物，都不斷在演變，在過去與未來之間擺盪，在傳統與創新之間拉扯。這個過程有時是加法，有時是減法；有些新元素進來了，也有些原來的東西流失不見了。我們可以仔細觀察，在加加減減中，是否有哪些東西是沒有變過的——這些東西就是這個事物的本質。

找到了本質，就無需害怕環境的改變，我們不能造勢，但我們可以順勢。活不下去，就變成歷史。能活下去，才能成為傳統。

The show must go on

艱難的時局，讓大家沒有心思娛樂；
時局的艱難，大家需要精神滋養。
這當中的矛盾，
正是我們做戲人覺得自己渺小和巨大的原因。

常言道：「人生如戲，戲如人生。」一般人對這句話的體悟有兩種：一種是先看過戲，然後故事情節發生在自己身上時，就會感慨「人生如戲」；另一種是先經歷過某些人生經驗，然後看到自己的情節在舞台上搬演，就會感慨「戲如人生」。

我們做戲的人，比一般人多了第三種體悟，那就是人生和戲劇同時上演相同情節的尷尬處境。

今年（二〇二〇）五月，原定要在國家戲劇院發表由紀蔚然編劇，我導演的作品《再見歌廳秀》。這齣戲講述在九〇年代初期，繁華一時的歌廳秀進入尾聲，秀場老闆的兒子阿揚從紐約留學回來，想要奮力一搏，便把美國脫口秀和藍調搬到台灣來，結果變成「不搭不七」的四不像；後來又發生女主唱的不雅照外流事件，票房賣不到一半，眾人陷入愁雲慘霧之中，煩惱著到底演出是否能照常，只有阿揚傻傻地堅持「The show must go on」……

荒謬的是，在排練《再見歌廳秀》的同時，故事工廠正面臨相同的命運。《再》開排時，適逢新冠肺炎疫情開始蔓延，我不安的心情隱約浮動，只能希望疫情控制住，大家平安度過難關。不久，我看到國家音樂廳爆發澳洲音樂家確診的新聞，就知道「代誌大條」了。果不其然，所有演出場館開始陸續封館，取消演出、延期，或採取限制人數的梅花座……然後，劇團的票房曲線，就像是臨終病人被拔掉呼吸器之後的心電圖，跳動越來越平緩，最後一動也不動……

坦白講，一想到「是否能如期演出」這個問題，其實是蠻令人頭痛的。能演，那大家拍手稱讚，一鼓作氣往前衝；取消演出，大家摸摸鼻子，鳴金收兵，來日再戰。卡在中間，心情不上不下，彷彿是一種精神上的凌遲。唯一的好處是，演員完全不用去揣摩忐忑的心情，因為我們正在經歷這一切……我只能借用戲裡的台詞來鼓勵所有演員：「The show must go on」！

其實這句話是百老匯信奉的箴言，說的就是不管劇團遇到什麼狀況，演員發生什麼事，大幕一起，戲就要開演。這句話有種團結一心、凝聚士氣的力量；相對的，這也反應出做戲人背後的心酸，哪怕開演前你接到一通親友過世的電話，再難過你還是得上台。等到謝幕後，你要回家慢慢哭或是直接在化妝室哭到休克，那是你的自由。

相對於百老匯，台灣有一句俗諺更能生動地反映出疫情衝擊下，劇團的心聲：「鑼鼓彈，腹肚緊，鑼鼓煞，腹肚顫。」意思是說，鑼鼓奏起時，代表有戲可演，演員有收入，肚子能吃飽，褲帶就緊緊的；鑼鼓一停，沒戲可演，演員喝西北風，就會餓到發抖。

戲劇從來就不是生活中的必需品，過去恩師李國修常說，「劇場是興於百業後，衰於百業前。」大家有錢有閒就會來看戲，但只要經濟發生問題、政局不穩、社會蕭條，第一個受影響的就是劇場。而這次新冠肺炎疫情，除了經濟層面的影響之外，令人裹足不前走進劇場的原因，就是害怕群聚成為防疫的破口。畢竟，有誰會為了看戲連命都不要了？

在這段時間，我強烈感受到做

故事工廠《再見歌廳秀》劇照。

戲人的渺小與巨大，我們跟這個社會有一種若即若離的感覺：社會好像不需要你，又好像需要你。這讓我想起張藝謀電影《活著》裡葛優飾演的福貴，他敗光家產後靠著木箱裡的皮影戲偶來維生。某天，突然被國民黨拉伕去參軍，後來又成為共產黨的俘虜，福貴就靠著演皮影戲勞軍而存活了下來，還因此成為革命有功人士。到了文革時期，共產黨開始「破四舊」，這箱皮影戲偶又被當成舊時代的象徵，最終命運就是被焚毀，成為時代的灰燼。

艱難的時局，讓大家沒有心思娛樂；時局的艱難，大家需要精神上的滋養。這當中的矛盾，正是我們做戲人覺得自己渺小和巨大的原因。

有些人，沒撐過這段艱困時期，轉行了。想了想，我既然還待在劇場這行，除了求溫飽之外，應該對社會還有個責任，那就是要透過作品來傳遞一些信念、一些溫暖、一些思考，一些希望吧。

文藝復興時期，義大利知名文學家薄伽丘（Giovanni Boccaccio），著有一本知名小說叫做《十日談》，故事敘述在十四世紀中期，歐洲發生黑死病，在佛羅倫斯有一群年輕人為了逃避瘟疫，跑到了湖邊的一個廢棄莊園。這十個青年男女在百無聊賴之際，決定每人一天說一個故事，藉以忘卻死亡的威脅。等故事說完、瘟疫結束，他們就可以離開這裡了。

原來，在五百多年前，就有人用說故事來對抗瘟疫，我還蠻喜歡這種浪漫的……五百多年後在台灣的故事工廠，面臨新冠肺炎疫情，《再見歌廳秀》在國家戲劇院的首演被迫停止，但我們決定排練繼續，照常進館裝台、技排、彩排，然後進行一場「無觀眾的正式演出」，就當做是新作的試演吧！只待疫情過去，大幕一起，「The show must go on」！

輯三

對話

生命中的美好碰撞

王雪紅吃的菜

宏恩的小故事提醒了我，
到底什麼是我做劇場的「初衷」？
我會不會有一天為了票房，
而說了一個不屬於自己的故事？

我和王宏恩是創作上的好友，不時會分享創作心得。這幾年他一直在為了新專輯的創作方向而苦思，傳統布農古調帶著他走上金曲獎的殿堂，原住民歌手身分成為他閃亮的印記，但也像個甩不掉的沉重包袱。當他想要突破自我風格時，怕走得太遠，觀眾不買單；不做突破，又怕被時代甩在後面。「但我到底創作的初衷是什麼？是想紅？還是想賺錢？」宏恩這樣問自己。

我和宏恩在捷運中山站的星巴克聊了一晚，他跟我分享了一個小故事。有一次HTC的董事長王雪紅請宏恩去家裡吃飯，受寵若驚的他心想，企業家吃的東西應該是很不一樣的，他腦中立馬上跳出龍蝦、鮑魚這些山珍海味的畫面，但他上了餐桌後，馬上傻眼。王雪紅為他介紹今晚準備的都是來自台東的健康食材，有池上的米、鹿野的豬肉、關山的雞、武陵的有機蔬菜……宏恩越看心裡的困惑越多：「這些不都是我在台東部落吃的東西嗎？」原來，有錢人的生活不是想像中的「來碗魚翅漱漱口」，而是回到對「吃」這件事情，最原始、最基本的訴求——如何吃得健康。

那頓晚餐讓宏恩感觸良深，後來他打了通電話給部落的母親：「媽，其實我們也很富有耶，因為我們跟王雪紅吃一樣的菜！」他接著說：「我們努力賺錢，就是為了更好的生活品質，怪不得部落的人都不用賺錢，因為大家已經有很好的生活品質了！」

宏恩的幽默雖然有點阿Q，但我的心卻被這個小故事狠狠地震了一下。回首自己從故事工廠創團這幾年來，從《白日夢騎士》在不到兩百觀眾席的實驗劇場首演，一路到《莊子兵法》在兩千席的台中國家歌劇院演出，這段旅程可說是關關難過關關過。大家以為我是個創作者，只會專注在作品，但說實在的，我比任何人都在意演出的票房，我甚至神經質地每天上網查票房；是的，每天。宏恩的小故事提醒了我，到底什麼是我做劇場的「初衷」？我會不會有一天為了票房，而說了一個不屬於自己的故事？

宏恩問我：「那你為什麼做故事工廠？」我想了一下，回答他：「製造感動，製造驚喜，製造有生命的故事。」宏恩笑了笑，他說突然想去台東尋根，找回創作的初衷。後來我真的和宏恩

黃致凱與王宏恩（左一）尋訪台東寶地「會走路的樹」。

一起到了布農族巒山部落的寶地「會走路的樹」去找靈感。看著千年榕樹的氣根，如同巨人的腳，千年一步，踏在土地上，盤根錯節的枝幹讓我們分不清楚，到底哪一根是母幹，哪一根是新枝？在那片森林裡，傳統與現代已經被交融了起來，哪裡是源頭已經不重要了；我看著宏恩充滿自信的表情，我想他已經找到了新專輯的創作方向。

（〈王雪紅吃的菜〉後來被寫成歌，收錄在王宏恩二〇一七最新專輯《會走路的樹》裡。）

慢一點，還是會到

「疾馳的快馬，往往只跑兩個驛亭；從容的驢子，才能日夜兼程。」
——伊朗諺語

幾年前，我受邀參加康哥（康晉榮）演唱會的編劇工作，他希望把自己的成長故事和歌曲結合，用半自傳的形式來呈現他的藝界人生。他不講，我還真沒想到他已經五十歲了；諧星總是讓人感覺永遠不會老，或許這是老天爺給他們的禮物吧。

後來，我們約了好幾次訪談，希望從他的往事歲月中，挖掘出適合搬上舞台的題材。

一般人印象中電視裡的康康是個反應機智、妙語如珠的主持人，也是個實力派唱將。但不管是主持或是歌唱，這兩份工作都和語言有密不可分的關係。我很難想像康哥在童年時，竟是個講話「臭奶呆」的人。康哥說他小時候，因為口齒不清，經常成為同學們嘲笑的對象。後來媽媽安慰他，講話慢一點沒關係，清楚就好。從此他開始刻意把自己的語速放慢，不斷練習把話講清楚。後來中學的時候，竟還代表班上參加演講比賽，獲得了第二名；而輸給第一名的原因是——國語不夠標準。

長大後，他一直沒有忘記唱歌的夢想，在不同的PUB裡駐唱，參加大大小小的歌唱比賽，只為了一圓歌手夢。媽媽在他要從高雄北上打拚時，偷偷給了他一條金項鍊，告訴他如果日子過不下去了，就把金鍊子當掉。沒有偶像俊美外表的他，這條歌手之路注定走得比別人辛苦，但康哥最後還是靠著實力進入了演藝圈；只是當他發第一張唱片的時候，已經三十二歲了。他的那首〈圓夢〉唱的就是一路奮鬥的心情，我身旁許多在異鄉打拚的朋友每唱到這段歌詞都會眼眶泛紅：「擁抱著甜蜜回憶，珍貴卻都不值錢，計算著我的夢想和現實之間，該不該就此妥協？」

三十二歲是許多流行歌手不再青春，事業開始走下坡的年紀，但康哥這時才正式發片，感覺晚了一些，但也不算晚，至少這一天到來了。我們從小就一直被教導做事情要有耐心、對別人要有耐心，但我們好像都忘記了，對自己其實也要有「耐心」——一顆忍耐自己不足、接受自己不完美的心。

如果一個人能對自己有「耐心」，只要他知道要往哪去，一步一步慢慢地走，總有走到目的地的一天。關於夢想，如果不能「早到」，至少也要「找到」。只要對自己有耐心，慢一點，還是會到。

別擔心，工作會教你

你只要有決心接下這份工作，工作自然而然會帶領著你思考。有很多東西，是你不在那個位置，就不會看見的。

有一年，我帶著懷孕八個月的老婆和中正大學的王瓊玲教授走訪了她的故鄉嘉義梅山，一探她在《美人尖》、《一夜新娘》、《駝背漢與花姑娘》這幾本小說筆下那個充滿血淚、讓人溫暖卻又心腸糾結的小山村。我們駕車經過了三十六道彎，翻過了層層山巒，到了梅山鄉的太平村。

瓊玲老師特別請到了太平村的村長嚴清雅替我們導覽，講解梅山開發的歷史與現況。才踏進太平村的第一步，我就發現這個村落很有人文氣息，每一個街道的牆面、路口的轉角，都有融合當地景觀的裝置藝術。有用山茶花、燈籠花造型裝飾的變電箱，也把在地著名文學家張文環小說《閹雞》的意象，用馬賽克牆、燈柱、陶版壁畫來表現，有國畫家李國聰在巷弄牆壁繪製的梅山早期婚俗，有藝術家王文志創作的大型竹藝花燈……除此之外，家家戶戶的建築幾乎都保持著傳統風貌，店家也都販賣著具有當地特色的東西。這點讓我著實驚喜，因為這些年來，許多台灣的「老街」，都已經過度開發，好比淡水和九份，一個靠海，一個靠山，但卻開著相似的店家，賣著相似的產品。嚴村長說：「在這裡，你看不到兩間外貌相同的房子，也不會有賣同樣商品的店家。」

接著嚴村長和我們介紹當地將舉辦「汗路文化觀光祭」、「螢火蟲觀光祭」這些結合在地特色的活動，還有即將完工的太平雲梯。我好奇地問他是怎麼去思考社區發展和文化、歷史、生態之間的關係，他謙稱自己只是集結前人努力和眾人智慧來完成這些工作；他不是藝術家，不是生態專家，更不是歷史學家，他之前的工作是嘉義高商的主任教官。他說：「當村長之前，我也不知道怎麼當村長，但是別擔心，工作會教你。」我很難想像，如此具有活力與創意的村落主事者，竟是一個退休的軍人。嚴村長說：「你只要有決心接下這份工作，工作自然而然會帶領著你思考，有很多東西，是你不在那個位置，就不會看見的。」

這段話讓我有很深的共鳴，有些人想挑戰新的任務，但卻又害怕自己沒有經驗，於是在別人還沒有否定你之前，先把自己否定了，然後默默轉身回頭，做起自己過去熟練的工作。也有些人會勇敢地挑戰自己沒有觸碰過的領域，因為他們知道，有些事情要等到準備好了才能去做，有些事情你永遠也無法準備，你必須要站在那個位置，才會遇見真正的問題；而工作會帶著你去思考「以前的人為什麼要這樣做？」、「我現在可以怎麼做？」、「以後要怎麼做？」

後來，我老婆生下了兒子，於是我除了劇場編導之外，又多了一個新工作：「爸爸」。雖然網路上看了一些育兒的知識，親友中也不乏有人分享教養經驗，但這些事前工作準備得再多，也比不上把活生生的嬰兒抱在手中來的真實。我相信許多男人都有這個經驗，只要嬰兒一抱在懷裡，自然就會切換成「爸爸的腦袋」。只要聽到嬰兒啼哭，就先想是不是該喝奶了；如果時間不到，那就是要換尿布了；如果尿布是乾的，那就是要人抱。現在我這份奶爸的工作，雖還不夠稱職，但卻很有成就感。

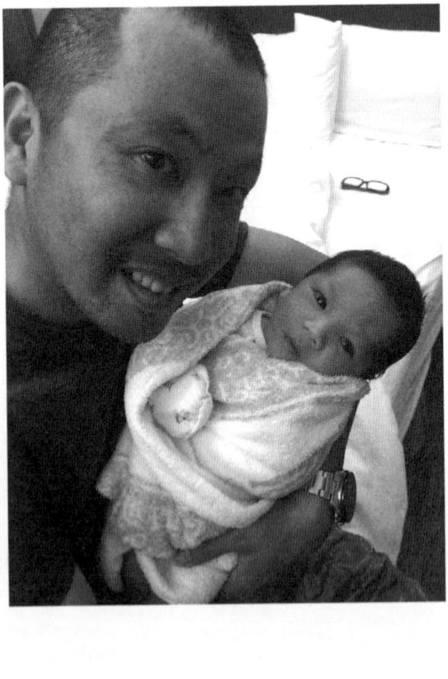

有時候是人去找工作，也有時候是工作來找人。當你確定好要挑戰一份新的工作時，別擔心，工作會教你。

我恨，故我愛

在愛情世界裡，
愛是「我希望你好」，
恨是「我想要得到」。

愛的相反不是恨，是冷漠。如果你還恨著他，代表你還愛著他。

某次和朋友S聊到我正在寫《千面惡女》的音樂劇，講述一個感情挫敗的女畫家走進自己的畫裡，因為嫉妒，決定拆散自己畫出來的情侶。S聽了後，也和我分享了她的故事。多年前，她和當時的男友若即若離，感情變調，她心情鬱悶就以自己和男友為主題做了一幅畫。S心想：「如果我有一雙翅膀，我就可以隨時飛到你身邊。」於是她在自己背上畫了一對大翅膀，「如果我有一雙爪子，就可以緊緊抓牢你，不讓你離開我。」接著S把自己的腳畫成老鷹的利爪，扣住男友的肩膀，「但這樣我就變成了一隻怪物，你還會愛我嗎？」

我相信不少人有這種經驗，心破了一個洞，怎麼也填不滿，於是在某個深夜時刻，突然被吸進黑洞裡，到達一個依照自己欲望打造出來的世界。一開始如魚得水，最後才發現這個世界很畸形、空虛，因

故事工廠×寬宏藝術《千面惡女》劇照。

為在這個世界裡沒有別人，只有自己，這裡的一草一木、形形色色的人物，都是扭曲變形的自己。原來這場幻想只是自己對自己的精神懲罰。

在愛情世界裡，愛是「我希望你好」，恨是「我想要得到」。我們在面對愛情的挫敗時，常常以為自己努力付出拚命挽回、死死抓牢對方不放手的行為是愛，殊不知這一舉一動的背後都隱藏著恨，因為自己在意的不是「對方幸不幸福」，而是「自己痛不痛苦」。

還記得伊索寓言裡北風與太陽的故事嗎？北風拚命地吹，旅人把大衣越抓越緊；太陽用溫暖的陽光照耀，流汗的旅人二話不說就把大衣脫下了。這個道理我們都懂，但在面臨失去愛情時，我們還是不知不覺扮演起北風的角色，把戀人越推越遠，看著他（她）頭也不回遠去的背影，才恍然大悟——有一種愛，出自於嫉妒；有一種恨，偽裝成羨慕，也許我們從來沒有看清楚。

人生沒有捷徑，有時候就得走上幾段傷心路，繞啊繞，才會找到自己的正途。我恨，故我愛。明白了恨，才懂得了愛。

這一生都在準備與你相遇

關於愛情，
很多事情沒有辦法想得太清楚，
只要值得就好。

棒球隊的好友Y最近閃婚了，難以想像去年十二月多的時候，大家還在「虧」他什麼時候要交女朋友，結果他老兄今年一月底就定了婚宴場地。突如其來的喜訊，讓球隊上上下下直呼不可思議。因為Y向來性格樸實，不是衝動的人，所以隊友們都好奇著：到底是誰讓Y衝動了？

閃婚有很多種可能，有人奉子成婚，有人因為家族長輩的特殊狀況，有人是出國前想要定下來，有人喝醉酒一時興起，有人是遇到對的人，完全踩不住煞車。不管哪一種原因，閃婚都會讓人覺得興奮、刺激、有點不可靠、有點不確定感。許多人都會認為，閃婚的人一定是沒有想清楚。但說實在的，戀愛本來就是不理智的，如果你有辦法想清楚，那就代表你不是真的在戀愛。而從戀愛的階段進展到結婚是需要衝動的，因為組成新家庭是一件太複雜的事情，如果沒有激情的推波助瀾，那麼光想到「要不要生孩子」、「要不要跟公婆住」、「房子登記誰名下」……等這些很實際的事情，就會讓人在步上紅毯前，先打退堂鼓了。

我無聊在想，如果Y交往一個半月被稱為閃婚，那麼交往多久結婚，大家才覺得時機成熟？是半年、八個月，還是兩年、三年……其實根本沒有標準答案——因為愛情是可以濃縮的。反過頭思考，我觀察到一個現象，那些交往很久的情侶，如果沒有結婚，通常最後會以分手收場。朋友M和女友談了十年的戀愛，等女友從美國讀書回來後沒多久，突然向他提了分手，但M沒有難過太久，一個月後交了新女友，三個月後就決定結婚了。我好奇問M：「你怎麼有辦法這麼快走出十年情傷，然後決定結婚？」M說：「難不成我還要再交往十年才決定要不要結婚嗎？人生有幾個十年？過了一定的年紀後，什麼適合自己，什麼不適合自己，清清楚楚。遇到對的人，會覺得好像你們已經認識很久，一不小心就讓對方進到心裡很深的地方。」

後來我把這種心情寫進音樂劇《千面惡女》裡的歌詞：

彷彿這一生　都在準備與你相遇　洗不淨的前世回憶　你是未完成的詩句
迷失在陌生的異域　經歷了風風雨雨　只為了追尋　你最初的表情
這一生　都在準備與你相遇　像大地等待著流星　哪怕一交集就燒成灰燼
任世界扭曲變形　前方的道路崎嶇　只要你我找回初心　真愛無懼……

我不確定有多少人能體悟，或者經歷歌詞裡刻畫的心境：「這一生，都在準備與你相遇。」等你遇到「對的人」的時候，你的感覺會告訴你：「就是他（她）

了」。然後你們會失速地墜入愛河，也許會有一股衝動讓你不再猶豫，決定閃婚。
也許未來會幸福，也許會痛苦……關於愛情，很多事情沒有辦法想得太清楚，只要值得就好。

自由和孤獨是套餐，不能單點

為何選擇走進婚姻？
為何決定要生小孩？
是我怕孤獨，
所以寧可犧牲自由嗎？

三年前我受邀到上海去做為期一個月的駐地創作計畫，由於人生地不熟，就拜會了在大陸發展不錯的陳銘章導演。吃飯過程中，我們彼此分享創作的心得、兩岸劇場的概況，最後也聊到彼此的生活。

當時我太太懷了第二胎，家中即將多一個新生命，我清楚地知道未來的生活會更忙碌，創作時間也會被碎片化。可能我才剛坐下來打開筆電找創作素材，兒子就哭著要喝奶；寫劇本的靈感剛來時，兒子又會哭著要換尿布……然而，來到上海的這幾天，讓我有種「偽單身」的感覺。我一個人吃飯、一個人搭地鐵、一個人逛書店、一個人睡覺。我的行程無需和任何人討論，或經過任何人同意，我也不需要照顧任何人，只要把自己顧好。我必須坦承，這樣的感覺很自由，我完完全全屬於自己，還記得第一個晚上我獨自去南京路的步行街閒逛時，心裡還覺得有點不真實，只是回到宿舍後，馬上掛念起台灣的妻小，想到懷孕的妻子還要獨自照顧大女兒，罪惡感就油然而生。

銘章導演聽完我分享後也告訴我，他一個人在北京上海打拚這麼多年，依然是孤家寡人一個，沒有情感的牽絆，工作的機動性高，效率也高，只是難免會感到孤獨。他說：「自由和孤獨是套餐，不能單點。」你若想要自由就必須忍受單身的孤獨；你如果想找個伴，那就得要付出時間相處。他這一席話，讓我回味了許久，我重新思考自己為何選擇走進婚姻？為何決定要生小孩？是我怕孤獨，所以寧可犧牲自由？或許有一點吧，但我想更多的可能是，我在找尋情感上的歸屬，而這個歸屬，就是所謂的「家」吧！

我想起某次帶著太太去爬雞籠山，我們在半山腰回望著九份山城，她說和我在一起覺得很自由，因為就好像「跟自己在一起」一樣，沒有任何壓力。我想遇到頻率相近的人，大概就是如此吧，因為彼此都能做自己，不需要去討好對方，這樣相處就不會費力。

結束了和銘章導演的飯局，我打了通電話給太太，隨口聊了幾句，她說最近看了

黃致凱與妻子王曉玟去泰國旅行。

B.C主演的漫威電影《奇異博士》，再次感受到B.C表演魅力的強大。掛上電話後，我立馬下了一個決定，就是去看《奇異博士》。張九齡有詩云：「海上生明月，天涯共此時。情人怨遙夜，竟夕起相思。」我想我們夫妻分隔兩地，能天涯共《奇異博士》，也算是一種心靈上的互相陪伴了吧！

走出戲院時，我有種奇妙的感覺：我單點了自由，而不孤獨！

耽溺，也是一種修心

人生際遇無常，
我們無法預期美好的事物何時來臨，
也不能阻止它的結束，
我們能留住的只有感覺。

記得某一次在台南演出音樂劇後，好友陳冠宇（不是羅德隊的旅日投手，同名同姓啦）邀我和劇團友人一同到他的「水鳥和洋創作料理」餐廳吃飯。冠宇哥是廚界名人，豐功偉業多不可數，他曾參加許多國際級料理大賽，皆代表台灣獲得金牌；而店名取名「水鳥」的寓意是希望每一道料理，都能夠像水鳥一樣，隨季節而飛翔，沒有疆域國界的限制。

當天菜色十分精緻，每道料理都令人喜出望外，我突然覺得吃一頓飯就像在看一齣好戲：食材是角色、醬汁是服裝、擺盤是布景、廚師的料理方式就是導演的詮釋；一道道端上的菜餚就像是舞台上輪番呈現不同的情節。如果看一齣戲有情感的高潮，那麼吃一頓飯應該也有味覺的高潮。那天我吃到「炙燒烏魚子握壽司」的時候——我毫無懸念地升天了——那滋味難以言喻，濃郁香甜的烏魚子一入口就如棉花糖般完全化開，加上分量恰到好處的溫醋飯，搭配我咀嚼的節奏，在嘴裡水乳交融（這個詞好像不是這樣用的），不，是在嘴裡跳起曼妙的華爾茲（用了這麼多形容詞，還難以言喻勒）。突然間，我想要起身，請服務生不要再上菜了，我覺得吃到這邊就夠了，我甚至害怕下一道菜會破壞我對烏魚子的味覺記憶；就像是某些人經歷一段刻骨銘心的愛情後，不想認識新的異性，寧願耽溺在過往的美好與傷痛之中，自己不想走出來，也不許別人走進去。

這樣的耽溺是病態嗎？我不確定，我只是覺得現代人腳步太快，每天要吸收大量的新訊息，然後要立即做出回應，才不會被人指責「已讀不回」，才能跟上朋友間的熱門話題。我思考著，不斷「與時俱進」雖然增加生活的廣度，是否也削弱了生命的厚度？唐代元稹的名詩：「曾經滄海難為水，除卻巫山不是雲。取次花叢懶回顧，半緣修道半緣君。」這首詩也是在講一種耽溺的情感，把自己的心封鎖在某段經歷裡，不斷地來回咀嚼，這滋味不足為外人道，雖苦亦甜。

行筆至此，突然憶起高中在讀金庸的《神鵰俠侶》時，十分入迷，讀到最後一回竟不忍翻頁，只因害怕故事結束。直到闔上書本後，我依然沉浸在角色的遭遇裡，那幾天，我無法再讀任何的作品，滿腦子都想著楊過為什麼不和郭襄在一起？另一次，我去看李安的《比利林恩的中場戰事》，散場時，同行友人熱絡地討論起劇情，只有我默默不語，眉頭深鎖，她們還以為我覺得電影很難看，其實不然，事實是電影的畫面還在我腦海裡流竄，台詞還縈繞在耳間，角色的困境讓我為之糾結，我還想要在故事裡逗留一會兒。我想，比利林恩走不出伊拉克的戰場，我的靈魂也陷在觀眾席的座椅上，起不了身。

人生際遇無常，我們無法預期美好的事物何時來臨，也不能阻止它的結束，我們能留住的只有感覺。當你吃到一粒好吃的握壽司、讀到一本精采的小說、看到一部動人的電影、或是經歷一段深刻的情感，請記得，不要急著離開，不要急著評論，不要急著和別人分享；你可以大膽地把全世界關掉，然後盡情地在自己的「情緒漩渦」裡打轉，任酸甜苦辣的感覺在心裡沖刷，然後慢慢地沉澱，你會看到另一幅風景。耽溺，也是一種修心。

放下相機，參與這個世界

當我們離開了觀景窗，
視覺之外的聽覺、味覺、嗅覺、觸覺
都會被放大，
都能成為我們感知這個世界的鑰匙。

著名的美國女攝影記者 Dorothea Lange 是個小兒痲痺患者，自身殘疾使她更能體恤別人的痛苦。她說：「照相機是一個教學工具，教人們在沒有相機時該怎麼看世界。」

Dorothea 這段話讓我咀嚼許久，想起幾年前的一個小故事。

我的大學同學高炳權是個電影導演，他有個綽號叫「糕餅」。糕餅的太太是劇照師，兩人的工作都和影像分不開。糕餅結婚時，找我當伴郎，在結婚前一天，還請我去和他睡同一張床，據說能早生貴子。果不然，他們新婚後第二年，就傳出了好消息；他太太懷了一個女孩，我問糕餅想好名字了沒，他幽默地說：「就叫高麗菜吧。」

糕餅的太太臨盆時，他帶著太太工作專用的高階相機 Canon EOS 5D3 進產房，這一切當然是為了捕捉女兒出生那一刻的珍貴畫面。他知道這次的拍攝，不能NG，不能喊卡，這就像是一場 LIVE 演出，只有一次的機會。

羊水破了，子宮開始激烈地收縮，一陣陣地抽痛，不斷地把「高麗菜」從母親的產道往外面的世界推擠。眼看著新生兒就要誕生了，護士趕緊提醒糕餅：「快！孩子要出來了，快點拿相機！」但不知怎麼了，糕餅說他那時腦中突然閃過一個念頭：「我不想看到我女兒的第一眼是透過相機的觀景窗……」

然後，他毅然決然地放棄了拍攝，他決定用自己的眼睛去感受這一切，用最真情、最直接的凝視，見證了「高麗菜」的誕生。

糕餅的這個舉動，讓我瞬間對他有種尊敬的感覺，我也說不出是為什麼，好像他是個證悟某種道行的高僧，身後散發出一道隱形的光輝。我是個劇場導演，習慣用肉眼來接收、敘述故事，而糕餅是個電影導演，每天都在思考怎麼用鏡頭語言來詮釋這個世界；當他選擇放下了相機，我相信他的心一定感受到一種無法被取代的「真實」。當我們離開了觀景窗，視覺之外的聽覺、味覺、嗅覺、觸覺都會被放大，都能成為我們感知這個世界的鑰匙。

我不確定這樣是理解還是誤解 Dorothea 那句話的真義，我現在有一種感覺：拿起相機時，我向別人介紹這個世界；放下相機時，我參與了這個世界。

脫下服裝，他們也是人

他心想，阿嬤向神求的還能是什麼？不外乎是希望他的孫子能健康平安，不要再打架鬧事了。只是阿嬤萬萬想不到，眼前他跪拜的家將，竟然就是自己的孫子和他的陣頭夥伴。

幾年前，擔任一個電視劇組的表演指導，認識了G。G的外表樸實，性格溫和，一聊之下才知道他過去曾是陣頭少年。由於我爺爺過去當過廟公，我自己也對藝陣十分好奇，後來我還跟著G出陣，從旁觀察八家將的文化，一瞥這群陣頭少年的神祕人生。

G說，小時候因為父母被倒會，家裡經濟陷入困境，搬到新家之後，附近有一間宮廟，於是G在父母工作無暇之餘，就往廟裡跑，因為那邊有大人看顧著，有玩伴，還有信徒供奉的糖果和食物可以吃。宮廟的出現彷彿填補了G家庭的空虛，後來G也就加入廟裡的陣頭，學跳八家將。

現代人常用「8＋9」這個「八家將」的台語諧音來指稱那些混陣頭、愛尋釁鬧事的青少年，但有多少人願意關心這些青少年的家庭背景？他們畫上臉譜，穿上神服戰甲，拿起刑具和法器，化身成為了神；但大家是否想過，那些為大家驅邪除瘟，守護闔家平安的家將，其實才是一群缺乏家庭溫暖的人。

G告訴我一個很動人的小故事。

他年輕的時候和一群陣頭少年混在一起，男孩子血氣方剛，和別人起衝突在所難免。有一次，他們打架後，到了其中一個朋友家，這個朋友的阿嬤問：「你們怎麼全身弄這麼髒，黑搜搜的？」少年們不敢告訴阿嬤真相，就騙阿嬤說剛剛去打球了，阿嬤看著他們身上的血漬還有傷口，沒有多說什麼，默默接受了他們的謊言。

G說：「阿嬤都已經六、七十歲了，她也不能改變什麼，大概只能藉由信仰期待能有什麼奇蹟出現吧！」

隔天，廟裡要出陣，G和他的朋友們，開了臉、換上服裝，再度化身為威武的八家將。出巡時，鞭炮聲不絕於耳，家將們腳踩七星步，經過夾道的人群。這時，G和朋友看到兩側的信眾，有的拿香拜，有的下跪，祈求家將的神威能庇護家人健康平安。我想這大概是這群陣頭少年最驕傲的時刻吧，也只有那個時刻，他們不再是自己，他們不再是被社會大眾貼上標籤的不良少年——這一秒，他們是保鄉衛民，備受崇敬的神；但就在下一秒，G和朋友看到令人震懾的一個畫面——朋友阿嬤也在人群中朝著他們下跪，嘴裡碎碎有詞地不斷祈念，G當下心裡可說是五味雜陳，甚至有點慚愧。他心想，這個阿嬤向神求的還能是什麼？不外乎是希望他的孫子能健康平安，不要再打架鬧事了。只是阿嬤萬萬想不到，眼前他跪拜的家將，竟然就是自己的孫子和他的陣頭夥伴。

這件事，讓G耿耿於懷，他後來就致力於改變陣頭文化，撕掉大家對陣頭少年愛打架鬧事的負面標籤。他組成的團體，也多次代表台灣出國表演，宣揚台灣的藝陣文化。

開了臉，他們是神；脫下了服裝，他們也是人。下次我們看到八家將出巡時，不妨試著用不同的眼光來關注、關心這群保存台灣民俗文化的人，和他們背後藏有的人生故事。

2011 年攀登「武陵四秀」。

WANTED

2015 年愛丁堡參訪

〔右〕戲劇之外，「棒球」是黃致凱從小到大瘋狂熱愛的運動。
〔左〕被魚缸圍繞的創作環境，是最能感到平靜的沉思空間。

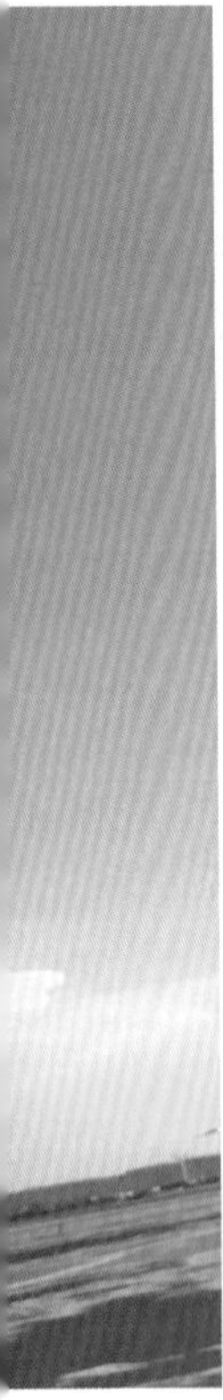

在一對兒女的童言童語中，總能發現源源不絕的哲思。

黃致凱全家福合影。

一日球迷，SO？

內行的觀眾看門道，
外行的觀眾看熱鬧，
只要有人願意進場看戲，
歡迎都來不及了，
怎麼可能還擺出高姿態?!

有陣子世足熱的風潮，席捲全台，老婆不知何時變成了阿根廷隊當家球星梅西的粉絲，彷彿吃了他的「符仔水」，一談起梅西是眉飛色舞，還在臉書上不斷轉貼梅西的報導。身為棒球迷的我心想：「靠，叫她陪我看林子偉和陳偉殷在大聯盟比賽，她興趣缺缺，現在談起足球竟然這麼熱血?!我呸！」

我們這種平日就關注體育賽事的人，除了棒球之外，籃球、網球、羽球、桌球等運動加減都會看，對於世足的賽況雖然關心，但反倒沒有特別的投入，可能是我沒有下注吧！在我眼中，老婆就是標準的「一日球迷」，也就是平常不太看或甚至不懂足球，但每四年一度的世界盃到來，就會瘋狂關注，好像自己沒有足球就會吃不下飯睡不著覺一樣。

有次我故意問老婆：「妳知道足球一場比賽多久時間嗎？」她答不上來，我再問她：「妳知道一隊有多少人上場嗎？」她傻笑回：「不知道耶，十個吧！」然後我又問：「妳知道梅西身高多高？」她喜孜孜地回：「應該有一百八吧！」聽到這裡我再也受不了了！我回她，不，是嗆她：「足球一場比賽九十分鐘！一隊有十一個人上場！然後梅西只有一百七十公分！」她回：「天啊，那應該是他的魅力加了十公分吧！」我說：「加妳個頭啦，他只有一百七，跟我一樣高。」老婆一臉納悶：「你不是只有一百六十八嗎？」我的血壓瞬間飆高，當場想離家出走！

我花了那麼多時間想帶老婆融入棒球的世界，有次帶她去看陳金鋒引退賽，林哲瑄打了一支全壘打，她問我：「球飛出圍牆，這樣不是界外球嗎？為什麼大家這麼開心?!」我當場吐了半兩血，從此呈現半放棄狀態；看到她對世足投入的程度，真讓我這個棒球迷吃醋不已。

我開始幻想，不曉得哪天台灣劇場會出現「一日戲迷」的現象：只要是故事工廠的演出就瘋狂買票，然後在謝幕時起立瘋狂鼓掌加尖叫！身為編導的我會在乎他們能解讀我每句台詞的隱喻嗎？會在乎他們能感受到我每個場景的舞台美學嗎？會在乎他們能分辨我不同作品所嘗試的風格嗎？好像不會吧，內行的觀眾看門道，外行的觀眾看熱鬧，只要有人願意進場看戲，歡迎都來不及

了，怎麼可能還擺出高姿態?!再則，每個人要怎麼欣賞一齣戲，是他的自由，相較於某些自以為是的毒舌劇評家，一日戲迷還可愛多了！

想到這裡，忽然覺得一日球迷與一日戲迷，其實沒有什麼差別。真正了解這領域的也就是那麼一群人，當有人願意從外圍給予關注時，不管參與的程度是深或淺，對於這個領域都是好事。所以不管是一日球迷還是一日戲迷，即便是一知半解，也應該要昂首挺胸地走進球場和劇場支持你所熱愛的球隊和作品。我想，看熱鬧的人多了，懂門道的人自然也多了。

話說，老婆還不知道我早在十幾年前就當過阿根廷的一日球迷，還買過球衣勒！當時的我也不清楚一場比賽踢多久！但我很清楚，我一直有一百七十公分。

上帝很忙的

當上帝不是那麼容易的，讓這個世界達到某種平衡更是困難。擺設一個魚缸是如此，布置一個花圃是如此，寫一個劇本是如此，我想成立一個家庭或是開一間公司，大概都是如此吧！

老婆常問我，不，應該是責問我：「養小孩都已經夠忙了，為什麼你還要養魚？」我告訴她：「因為我可以去想怎麼布置魚缸，用什麼樣的石頭和底砂，搭配什麼樣的水草，養什麼樣的魚，這個過程讓我覺得自己在創造一個小世界，就像我喜歡種花一樣，陽台的小花園也是我自己打造的小世界……」老婆沒有耐心聽我長篇大論：「創造世界勒！你們男人就是喜歡當上帝，想要支配一切！」

我突然有種被一語道破的感覺。沒錯，布置一個魚缸和花園，就像我編導一齣戲一樣，我有權利決定角色的命運，決定故事發生的場景，然後陶醉沉浸在自己創造出來的世界裡。但，我總覺得「上帝」這個形容詞隱藏著老婆對男人的批判：「自大」！身為一個專業編劇，我怎能不嗅出老婆話中有話呢？當我準備要反駁時，老婆的好友H緊接著展開助攻：「對對對，我老公也一樣，說什麼魚缸很療癒，然後每天為了那一缸魚傷腦筋，魚缸長了太多藻，就買了幾顆螺去吃藻，但螺長得太好，結果生了一大堆小螺，然後我老公又去買一種專門吃螺的魚叫『巧克力娃娃』，沒多久螺就被吃完了，但是這種魚很兇，沒螺可吃，就去咬其他的魚，所以原本魚缸裡面的魚都被咬死，然後我老公又去買魚……這是什麼循環啊！」講到此處，大家都笑疼了肚子——原來，上帝很忙的。

關於H的先生所經歷的一切，我深有同感。所有的「上帝」都希望自己創造出來的「世界」是豐富多樣的、是平衡的。但這當中有個矛盾，只要豐富多樣，就很難達到平衡。

幾個月前，從建國花市買回來的日日春，生長力十分韌強，沒多久就適應了家裡陽台的環境，逐漸開展的枝葉，好像張開雙手伸直懶腰，向其他植物鄰居說：「Hi，我來了！」某日在澆水時，我發現跟日日春種在同一個長盆裡的矮牽牛，營養不良慢慢枯死了，為此，我還被女兒訓斥了一頓：「阿爸，不是說好，我負責買花和看花，你要幫我照顧的嗎？」

過沒多久，我發現日日春的另一個鄰居「香水蓮」也出狀況了，原本香水蓮是每早打開紫色的花苞，亭亭玉立地綻放在水面上，到了晚上再緩緩地閉合。但這幾天，香水蓮不開了，蓮葉也慢慢枯黃軟爛，我猜測，應該是日日春的枝葉不斷上竄，開得太繁茂，遮住了一旁水盆裡香水蓮的光線，蓮葉日照不足，自然生長得不好；本來應該直立在水盆正中央的花苞，也歪歪斜斜地往旁邊傾倒，爭取一絲從日日春的葉縫間篩落的陽光，就像一條躺在逐漸乾涸的沼澤裡的魚。

我拿起園藝剪刀，站在日日春的面前許久，內心開始上演小劇場：「我迎接你來到家裡陽台的小世界，就是希望你長得好，開得漂亮，但現在因為你長得太好，開得太漂亮，我竟要剪斷你長滿花苞的枝葉?!」我在陽台傻站了五分鐘，最後還是剪了。

我想，當上帝不是那麼容易的，創造世界不容易，讓這個世界達到某種平衡更是困難。擺設一個魚缸是如此，布置一個花圃是如此，寫一個劇本是如此，我想成立一個家庭或是開一間公司，大概都是如此吧！

用自由換安全，值得嗎？

我們在批評社會的時候，是不是都忽略了我們也是這個社會的一部分？成人的世界有太多複雜的思考，阻撓我們的本心。

小孩子都是天生的哲學家，經常一個無心問題，就讓大人陷入很深的思考。

有一天，我在餵魚飼料的時候，樂樂突然把頭湊過來：「阿爸，你覺得魚缸裡的魚快樂嗎？」我不確定她是因為看過我寫的《莊子兵法》裡，關於「濠梁之辯」的討論，還是被《海底總動員》裡想要從魚缸回歸大海的尼莫所啟發，總之，她很認真地問了我這個問題。我反問她：「樂子，那妳覺得牠們快樂嗎？」女兒不假思索地回答：「不快樂啊，因為牠們不能自由自在，只能在透明的框框裡面游泳。」「可是牠們如果在河流或是大海裡面，可能會被更大的魚吃掉，在魚缸裡面，牠們比較安全，還有飼料可以吃，不會餓肚子。」女兒聽到我的解釋，覺得有幾分道理，我接著問：「樂子，那如果妳是魚，妳會想要在魚缸裡面，很安全地活著，還是在大海裡面，可以自由自在地游泳？」樂樂骨碌碌地轉動她那雙大眼睛，理直氣壯地說：「阿爸，當然是在大海裡啊，在魚缸裡面，很無聊耶，不能去自己想去的地方！」我故作嚴肅逗她：「但是妳可能會被大魚吃掉，然後就死翹翹了。」我自以為拋了一個難題，結果樂樂竟然秒回：「可是魚本來就會死掉啊，就算活在魚缸裡久了也會死啊，阿爸你很呆耶！」

我被女兒這個充滿哲學性的答案電了一下，突然，我對眼前這個六歲的小女兒有種肅然起敬的感覺。

有陣子，在排新戲《偽婚男女》時，我不斷思考這個問題。這齣戲裡講述一對兄妹各自擁有同性的愛人，為了瞞過家人，竟決定和對方的伴侶假結婚。與我共同擔任導演，還身兼編劇的美玲姊在劇本裡加了幾場戲，希望藉由非洲草原、熱帶雨林裡的野生動物，來暗示人類的原始欲望，另外也在舞台上呈現「都市動物園」的場景，來象徵人類社會化之後，必須壓抑自然的本性，被道德規範約束。我很喜歡其中一場戲，是兩個媽媽在發現子女是同性戀假結婚之後，相約到動物園散心——

武媽：「妳覺得……這些動物

故事工廠《偽婚男女》劇照。

待在動物園裡，是幸福，還是不幸？」

楊媽：「很難說，但至少待在動物園裡，比牠們走在馬路上安全。」

武媽：「用自由換安全，值得嗎？」

接著，兩個媽媽討論是否要配合子女演下去。不繼續演，擔心子女出櫃會被社會歧視的眼光傷害；演下去，又捨不得子女要壓抑一輩子。這真是個哈姆雷特的難題，到底是這個社會不能讓他們安心做自己，還是他們沒有面對社會的勇氣？我們在批評社會的時候，是不是都忽略了我們也是這個社會的一部分？成人的世界有太多複雜的思考，阻撓我們的本心，或許我們都要向六歲小孩的純真學習，或許……

盆子多大，樹就多高

當發現自己再怎麼努力，
都覺得手腳難以施展時，
幫自己換盆吧！
換到一個更大的空間，
給自己更多的土壤，
給自己更多的陽光。

前陣子，我在整理陽台的盆栽，樂樂跑過來湊熱鬧，她看見一盆黃椰子，十分興奮地大喊：「阿爸，這是椰子樹耶！」

我十分訝異這五歲半的小丫頭，怎麼一眼就能叫出植物的名字：「妳怎麼知道它叫椰子樹，老師教的嗎？」樂樂皺著眉頭嘟著嘴，佯作生氣的樣子：「阿爸你很呆耶，你忘記了喔?!就是《海洋奇緣》裡面啊，MOANA的家有很多這種樹啊，他們在海上還有遇到可可怪，也是椰子變的。」嗯，很好，我再次見證迪士尼對兒童的影響力。「可是阿爸，我們家裡的椰子樹為什麼沒有椰子啊?!」樂樂瞪著圓滾滾的大眼睛看著我。

「樂，這種叫做『黃椰子』，和《海洋奇緣》的椰子樹不一樣，妳看這邊黃黃一小粒一小粒就是它的果實。」樂樂好奇地繼續問：「那黃椰子樹會長很高嗎？我以後要爬上去。」我摸著她的小臉：「我們家的椰子樹，因為種在花盆裡面，土只有一點點，所以長不高。如果種在地上，可以長到兩三層樓高。」樂樂不知道是沒聽懂，還是對這答案不滿意：「椰子樹為什麼種在地上可以長比較高？」「因為地上的土很多，所以樹的根可以鑽得很深，往四面八方生長，吸收的營養比較多，所以長得比盆栽裡面的樹還要高，還要大，懂了嗎？」

樂樂似懂非懂地點頭，轉身走進客廳，拿起《海洋奇緣》裡小豬噗噗的絨毛娃娃抱在懷裡，似乎在彌補剛才幻想破滅的失落感。看著她小小的身影，我有種感悟，植物的世界如此，人類世界大概也是如此吧！生長環境會限制一個人的格局，而這個限制是不知不覺的，因為我們都會以為身處的這個盆子就是全世界了，一直到根在盆底不斷生長，滿到從排水孔鑽出來，發現沒有土了，枝葉也不再開展，我們才會意識到，這大概就是極限了。但這是植物生長的極限？還是空間給予養分的極限？眼前所遭遇的可能不是撞牆期，而是繼續成長的遙遙無期。我想許多朋友都有種盆栽的經驗，遇到這種狀況我們就會換盆，四吋盆換八吋盆，八吋盆換十二吋盆，換到更大的空間後，補充新的肥料，植物又可以再繼續長大。

盆子多大，樹就多高。當發現自己再怎麼努力，都覺得手腳難以施展時，幫自己換盆吧！換到一個更大的空間，給自己更多的土壤，給自己更多的陽光，或許生命可以開出新花，結出碩果，長成另一種美麗的姿態。

善惡是一枚硬幣的兩面

眼看著女兒的跳躍式思考，
讓這段有寓意的對話走向不可收拾的境界，
我也無意糾正她，
反正我說這個故事的目的是刺激她思考，而不是給她標準答案。

女兒從小就愛聽故事，什麼長髮公主、睡美人、灰姑娘、冰雪奇緣、白雪公主這些故事她都滾瓜爛熟，雖然我經常企圖偷渡幾個中國民間故事，或是《西遊記》、《山海經》之類的奇幻故事平衡一下，但她腦中仍深植著公主和王子從此過著幸福快樂的日子這種制式 Happy ending。

我無意提早擊碎孩子的天真，截至目前為止在老婆和我的努力維持之下，她仍相信聖誕老公公和牙牙仙子的存在。然而，在女兒將要上小學前，為人父的我心裡似乎潛藏著某些焦慮，希望她能對這個世界的善與惡有多一點認識。

那一夜，我帶著女兒讀《西頓動物記》裡的〈狼王羅伯〉篇，故事大意敘述一匹充滿智謀的狼王羅伯，不時率狼群襲擊牛群與羊群，牧場主人祭出高額賞金要獵捕牠，但警覺性高的羅伯不僅不吃有毒藥的餌，還把埋在沙土下的捕獸夾挖了起來，讓獵人們束手無策。最後獵人用計抓到了羅伯的妻子布蘭卡，然後把捕獸夾沾上布蘭卡的氣味，前來營救妻子的羅伯，就這樣四肢都被捕獸夾給緊緊夾住，不斷掙扎，最後氣力放盡，結束了傳奇的一生。

講述故事的過程中，我連說帶演得很賣力，還模仿狼嚎的聲音高八度來講台詞，女兒也十分著迷於人獸鬥智的場面，但聽完故事後，她竟難過地哭了：「阿爸，這個故事的結局不對！狼王不能被抓到啊！人類很壞耶！」

小朋友很容易同情故事裡的動物主角，但西頓不是安徒生，他是個寫實的動物文學家，這時我腦中飄過羅曼羅蘭（Romain Rolland）的一句話：「善與惡是同一枚硬幣的正反面。」我想或許可以藉此和女兒在童話世界與真實世界的縫隙間，討論關於善與惡的疆界。

「樂樂，妳為什麼覺得人類很壞？」女兒理直氣壯地回：「因為他們殺死了狼王。」我問：「但是狼吃了他們養的牛，妳不覺得牛很可憐嗎？」女兒回：「那人類可以叫羅伯以後改吃素就好，不需要把牠殺死啊！」我笑了一下：「樂，狼只吃肉，這個沒有辦法改變。」

黃致凱帶女兒一起手縫零錢包。

女兒秒回：「那那些牛已經死掉了，也不能改變啊，獵人把羅伯殺了，牛也不會復活啊！為什麼還要殺?!」我問：「可是狼王會繼續吃牛啊，那牧場的主人沒有牛怎麼過生活？」樂樂氣嘟嘟地回我：「他們可以換工作啊！」

眼看著女兒的跳躍式思考，讓這段有寓意的對話走向不可收拾的境界，我也無意糾正她，反正我說這個故事的目的是刺激她思考，而不是給她標準答案。我摸摸她的小頭：「樂子，妳可以站在狼王這邊，也可以站在人類這邊，甚至站在牛那邊，妳只要知道這個世界沒有絕對的好人，也沒有絕對的壞人，懂嗎？」女兒點點頭，我接著問：「那妳覺得阿爸是好人還是壞人？」女兒咧嘴笑了笑：「壞人！誰叫你今天講故事把我弄哭！」

感謝第一個給你機會的人

你要感謝第一個給你機會的人，他們在你沒有做出任何成果之前，選擇相信了你。

一直以來，我都是以劇場工作者的身分自居，對電影有些遐想，但完全沒有經驗。大概五年多前吧，大學同學高炳權邀我一起合作電影，我才開始嘗試電影編劇，雖然過去寫過幾個舞台劇劇本，但舞台劇和電影說故事的方式極為不同。舞台劇用對白來交代情節，電影則是用畫面來敘事，我發現自己擅長的劇場套路，放在電影完全不管用，就好像原本騎機車，現在改開汽車，同樣是交通工具，但多了兩個輪子，道路行駛思考的邏輯就是不一樣。我決定歸零學習，於是電影公司的監製Wolf引導我學習好萊塢「三幕劇」的公式，我看了許多經典範例影片，終於摸出點頭緒，後來試寫了幾個版本的大綱，公司覺得還不錯，於是就簽約了。

簽約當下我是很興奮的，還記得走出電影公司的辦公室要搭電梯離去前，我從高樓的落地窗遠眺這個城市，只覺得房子好小，行人好小，心好遠，夢好大……後來我和好友周美玲導演分享我跨足電影編劇的事，她對我說：「你要感謝第一個給你機會的人，因為他們在你沒有做出任何成果之前，選擇相信了你。」

後來這部電影沒有拍成，但對我來說，卻是個十分珍貴的經驗，因為我有了一個賣出電影劇本版權的credit，這對我之後接寫其他電影劇本，或是回歸本行寫舞台劇，都有莫大的幫助。俗話說「萬事起頭難」，只要有了第一個經驗之後，就可以慢慢地累積，別人一看你做過這件事，就比較放心把任務交給你了，久而久之就會建立個人的品牌信譽；當你的招牌越換越大，越掛越高時，別忘了，當時是誰幫你掛上這塊招牌的。

回首生命中許多寶貴的第一次：第一次代表高中班上參加作文比賽、第一次在棒球比賽中上場打擊、第一次戲劇系公演上台演出……這些第一次的發生，都是因為有人願意給我機會。我也期許自己，未來有能力時，也要成為「第一個給別人機會的人」。

多年後，我在排《千面惡女》這齣音樂劇時，為了尋覓女主角傷透了腦筋，最後主辦方建議我試試看李佳薇。佳薇的歌喉是眾所皆知的好，她的〈煎熬〉更是所有女生在KTV都想挑戰的神曲，但是她從沒演過戲，這讓我有點卻步，於是我希望能安排試戲。一般而言，試戲對已成名的藝人來說是一種質疑，有些人還會覺得受辱，但佳薇接受了，她願意像個新人般，任我出題考驗。我試戲的過程中看到了她的誠懇，還有表演的可能性，當她讀本真情流露掉下眼淚時，我就知道應該有機會賭一把。事實證明，佳薇的表演讓全場的觀眾驚艷不已，雖不夠完美，但她已成功將角色的情緒貫穿在歌聲的起伏中，豐富的聲音表情讓台下觀眾如痴如醉。首演後，我和她在後台感動地擁抱，她噙著淚說：「導演，謝謝你給我機會站上台演戲……我一直很怕讓你失望。」我對她說：「我知道我不會看錯人，我一直都相信妳可以……妳做到了，不，佳薇，是我們一起做到了。」

每個人都希望自己的生活能不斷突破，當你嘗試跨入新的領域時，被質疑是必然，遭白眼是必然，如果你遇到第一個給你機會的人，記得把握機會好好表現，當你成為了一匹千里馬，別忘了當下一個伯樂。

輯四

生活

打破思考的慣性，才有趣！

沒有限制，就沒有自由

人在過度自由時，
會失去焦點，
沒有規範、沒有框架的自由，
其實是一種迷失。

在我心中最浪漫的愛情電影前十名，有兩部是義大利片。不知道是義大利人比較會談戀愛，還是因為我太愛Ennio Morricone的電影配樂，《新天堂樂園》和《海上鋼琴師》這兩部電影讓我回味至今。《海》結局有段如詩句般雋永的台詞：「鋼琴有低音的開頭，也有高音的結束，八十八個琴鍵是有限的，卻可揮灑出無限的動人音符，我喜歡這種說法，這也是我生存的方式……陸地對我而言就是一艘大船，這世界上有數以千計的街道，而你要如何走到盡頭，你要如何選擇一個妻子、一棟房子、一幅風景，甚至何種方式死去？在我面前的就像無窮多琴鍵的鋼琴，但我卻一個音符也彈不出來……」

人類很奇怪，我們期待自由，但真的自由來臨時，又會經常被弄得不知所措，不知從何抉擇。青少年時期，想要看電影沒有太多的選擇，龍祥電影台播什麼我就看什麼，我能選擇的就是看或不看，不知道是不是這個原因，我看了《唐伯虎點秋香》和《威龍闖天關》應該有超過一百次吧！長大之後，網路風行，現在連手機都可以看電影了，琳琅滿目的片單讓人興奮，也容易讓人迷失，有時花在找片子的時間，都快要可以看一部片了。

到底自由是什麼？從前覺得自由就是可以選擇自己想要的東西。但我現在覺得，人在過度自由時，會失去焦點，沒有規範、沒有框架的自由，其實是一種迷失。你以為你在選擇，其實你是「被選擇」的。你的心思和時間都被框限住眼前的「選項」了。

小時候很喜歡樂高，但家裡沒有閒錢讓我買那種昂貴的玩具，我靠著自製筷子槍，自製布袋戲偶，還有報紙揉成的棒球度過童年，久久才能憑著成績單的高分，央求媽媽買一組樂高給我。每次在逛玩具反斗城時，我都覺得自己渴望的眼神會把那一扇扇的玻璃櫥窗看破。某次到西螺的大姑姑家，沒有玩具可玩，百無聊賴之際，我看見了屋子一角有顆白蘿蔔，我就靈機一動，蹲在地上，拿著小刀把蘿蔔切成丁，然後把牙籤折斷成一截一截，再把這些小蘿蔔丁接起來，拼成一架飛機——我竟然自己發明了一組樂高！那時大姑丈看到我的傑作時，半晌沒有說話，我本來以為會挨罵浪費食物，結果大姑丈開口說：「你們來看，這個小孩子好有創意！」我當下好開心喔！雖然只是個小小讚美，但這個經驗對我未來走上劇場的創作之路，有很大的潛在影響。

俗話說：「窮則變，變則通」。這句話不是沒道理的，有了限制，才能享受創作的自由。二〇〇九年時，我做了推理舞台劇《合法犯罪》。故事場景設定在一個遊樂場，當我和設計師開會時，大家都一個頭兩個大：「劇場的空間是有限的，怎麼可能把劇本裡提到的雲霄飛車、自由落體、摩天輪那些巨大遊樂設施搬上舞台？」我心裡飄過一位俄國舞台設計大師說過的話：「我不能在舞台上種出一片森林，但是我可以製造一片森林的感覺。」就這樣，在曾蘇銘老師、劉權富老師、仁君哥等人源源不絕的創意衝撞之下，我們利用了影像的虛實疊映與畢卡索立體派畫風的概念，在舞台上拼貼並置一個個遊樂設施的不同角度，「製造出遊樂園的感覺」。

後來和明華園合作《散戲》的舞台劇，讓我對於限制與自由之間，又有了另一層體悟。因為傳統戲曲的本質是「虛」的，是「寫意」的，歌仔戲的表演美學是「千里路途三五步，百萬軍兵六七人」，硬體空間的限制，反倒迫使創作者用舞台調度與表演者的「腳步手路」去製造出千變萬化的場景流動，帶領觀眾的想像力到達一個現實無法企及的世界。

沒有限制，就沒有自由。當你覺得自己沒有選擇時，為什麼不創造一個選項呢？

不在場證明

人會恍神的最大原因就是——
對另一個時空的事件過度焦慮。
導致「人」雖然在現場，
但「靈魂」已經不在了，

某次和朋友去玩生存遊戲，趁休息的空檔，我飢腸轆轆地走進便利超商買了一瓶飲料、一個麵包和兩根豬血糕。結帳的時候，我看著店員拿著條碼掃描器在飲料上「嗶」了一聲，然後他又拿起麵包，在透明包裝紙上「嗶」了一聲，接著店員很順手地拿起了豬血糕，但任憑掃描器的紅外線怎麼掃，也沒出現「嗶」的聲音——這時，他才自己尷尬地意識到「豬血糕上沒有條碼」這個事實，只好裝做若無其事地放回關東煮的杯碗中。目睹眼前店員荒謬的行徑，我強忍笑意，直到走出超商門口。

我相信這種令人噴飯的情境，你我都曾遇過。人會「恍神」最大的原因就是——對另一個時空的事件過度焦慮，導致「人」雖然在現場，但「靈魂」已經不在了，而那些荒謬的舉動，就是靈魂的「不在場證明」。

從事編劇的我，每次在創作新的故事，就是在架構一個世界。我經常不知不覺神遊到故事的時空中，因此我的「不在場證明」可以說是紀錄輝煌！例如，刷牙一直刷不出泡泡，才發現自己剛擠的是洗面乳（但我慶幸自己不是拿牙膏來洗臉）；飯桌上朋友幫我舀湯，但他才舉起湯匙，就望著我大笑，我才發現自己遞給他的不是碗，是煙灰缸；發動摩托車後，要戴上安全帽時，卻聽見「咔」的碰撞聲——原來我頭上已經戴好一頂了；吃麵的時候，拿起胡椒罐猛加，回神後才發現湯碗裡都是牙籤……這些靈魂的「不在場證明」，反應了我在創作期的焦慮，現實生活與另一個虛擬世界不斷地拉扯。過去我只是覺得自己很蠢，笑一笑就算了，但後來驚覺這是一種生活失序的預兆，如果沒有提醒自己，那麼生活有可能會陷入混亂，甚至發生危險。

「專注當下」是現代人很重要的一門必修課，在這個通訊軟體發達的年代，我們很容易分心。掛念的事多了，惦記的人多了，當下的自己也消失了，眼前的人事物彷彿被自己的焦慮給蒸發，視而不見，聽而不聞。

記得，當身邊朋友出現「不在場證明」的時候，不要吝嗇給他關心，提醒他慢下腳步，看一眼身旁的人，專注當下。偶爾神遊一下是很浪漫的，但不要太耽溺。

相信我，用洗面乳來刷牙真的很澀！

尼斯「無」水怪

沒有想像力與感受力，
旅行不過是地理座標上的移動罷了，
這個行為應該叫做「交通」吧！

幾年前，隨著北藝大與廣西藝院的師生到愛丁堡藝術節參訪，帶團的阿登老師特別安排了一天，帶我們前往神祕的尼斯湖。

遊覽車載著一行人，駛過舉世聞名的蘇格蘭高地，壯闊的山谷在眼前展開，途中還有風笛手在冷風中吹奏。聽說當地習俗是不在「Kilt」（短裙）裡穿內褲，好奇心驅使我目不轉睛地盯著風笛手，等待風起的那一刻……很遺憾的，那天只有微風。

不知拐了多少彎，我們來到了目的地——尼斯湖。狹長的湖面望不見盡頭，氤氳的水氣很詩意地在水面上飄蕩，我獨坐在湖邊的林下，看著眼前那一抹神祕的幽藍，想起水怪的傳說：西元五六五年一個愛爾蘭傳教士在湖中游泳時被襲擊，留下了文字記載，此後水怪傳聞千年不斷，但無人能證實牠的存在。此時，眼前無數的氣泡冒出湖面，接著，一條長蛇狀不明生物緩緩浮出水面，我驚呆了——是牠。這隻古老巨獸和我這張東方臉孔四眼對望，牠平靜的眼神像在告訴我：「孩子，只要你相信，我一直都在。」當我下巴還來不及闔上時，牠又溫柔地化為湖面的陣陣漣漪。

以上內容，純屬虛構。

事實真相是——我們告別風笛手之後，一路走走停停，下車拍照，上車睡覺。一行人昏昏沉沉地到了一個寫著 Loch Ness 牌子的休息站後，我隨意瞥了一眼路邊的湖，壓根沒走近湖面，心想反正尼斯湖這麼長，等一下應該有更棒的 view，於是二話不說隨著眾人直接殺到紀念品商店，心思完全被眼前各式各樣水怪造型的禮品吸引……隨著催促聲，我們各自帶著戰利品依依不捨地上了遊覽車。

「各位，我們尼斯湖的行程結束了，回程走高速公路，不會那麼顛了。」天啊！聽到這句話，我的內心小劇場馬上炸裂，仰天長嘯，瞬間崩潰！我就在「毫無心理準備」的狀態之下開始以及結束了尼斯湖之旅。來不及感受，來不及讚嘆，早說剛剛是尼斯湖唯一的停靠站，我一定不會去逛商店，我發誓！如今，我的尼斯湖印象只剩下水怪T恤、水怪馬克杯、水怪吸鐵，首先，我為自己的大媽行徑感到遺憾，再為我的文青身分默哀一分鐘……「沒關係啦，尼斯湖本來就是一潭水，哪來的水怪。」其中幾位友人互相安慰，我心裡一嘆：「照這麼說，杭州西湖不也是一潭水、日月潭也是一潭水……」

旅行是「兩分看，三分想像，五分的感受」。沒有想像力與感受力，那麼旅行也不過是地理座標上的移動罷了，這個行為應該叫做「交通」吧！買紀念品是為了向別人證明自己來過，能和眼前的風景對話，才代表自己真正的來過。

最終，尼斯湖到底有沒有水怪，就像那位風笛手有沒有穿內褲一樣，在我心中永遠是個謎。

沒見到尼斯湖水怪，黃致凱倒是在紀念品店買了件T恤，把水怪穿上身！

離開是為了回來

山上沒電、沒自來水、沒便利超商，
這時人會把欲望降到最低，
專心感受「活著」這件事。

我很愛電影《聖母峰》裡，引用英國傳奇登山家喬治・馬洛里（George Mallory）的一句話：「為什麼你要來爬山？」「因為，山就在那裡。」

我還有另一個看法。

某次和四個好友去爬台灣百岳中著名的武陵四秀，因其中兩位夥伴身體不適，行程嚴重落後，眼看天色漸黑，我們沒能走到預定的山屋，選擇就地紮營。

一路陡峭的山勢與烈日助威，讓大家的飲水快速耗盡，於是體力好的人把預備用水拿出來與其他夥伴分享；等到達營地時，我們一滴水都沒了——在山上沒水很可怕，不僅不能煮飯，流失的水分沒有補給，很可能會虛脫，發生山難。

為了不想登上社會新聞版，我和夥伴榮濱兩人摸黑去尋找水源，沿途經過半個足球場大的亂石陣，望向前方，沒有任何一棵樹來判定方位；望向天空，沒有月光的指引就算了，連一顆星星都不給我，然後該死的戲劇性情節發生——起霧了。我們彷彿走進奇門遁甲的幻境中，如果這時有一頂坐著鬼新娘的紅轎從霧中竄出，四個抬轎的小鬼對我唱：「她的眼光，她的眼光，好似好似星星發光。」（電影《僵屍先生》插曲〈鬼新娘〉歌詞。）我一點不意外。

爬山那麼多年，那是我第一次感到恐懼，不是怕迷路，而是肩負五人生命的重擔。後來我們憑著動物本能殺出亂石陣後，看到一顆岩石縫中有水滲出，當下興奮的眼淚也跟著流下。但喜悅沒維持太久，因為那水滴落下的速度大概就像鐘乳石成形一樣緩慢，目測大概要一百年才能蒐集滿一罐寶特瓶的量，由於我不想成為路邊的化石，於是和榮濱兩人趴在山壁上舔了幾口解渴後，繼續找水源。

不久，氣溫開始驟降，兩人互看一眼後，決定加速，因為營地還有隊友在等待支援！突然，榮濱的頭燈照到一塊黑黑的地方沒反光──我們找到了「新達池」，兩人顧不了池水的黃濁，取了充足的水量後，隨即折返，以救世主的姿態回到營地（請配上賭神出場音樂），但夥伴們早就奄奄一息，沒有鼓掌歡呼聲，只有微弱的感動眼神……當天的晚餐，除了一股泥巴味，還多了一股濃濃的夥伴情誼，那是我在山上吃過最美味的一餐。

很多人好奇，登山不方便又危險，為什麼有人這麼愛爬山？雖然「山就在那裡」，但是「冷氣在家裡」、「美食在餐廳裡」、「朋友們在手機的通訊軟體裡」──我想或許還有個理由：「和自己對話」。山上沒電、沒自來水、沒便利超商，身邊除了求生裝備外，剩下的就是同行夥伴，這時人會把欲望降到最低，專心感受「活著」這件事；你會突然明白什麼是自己「想要的」，什麼是「需要的」。

爬山可以暫別塵世，帶著困惑上山整理，帶著清澈的思緒回到生活——其實「離開是為了回來」。

池有山頂的那朵花

站在山頂的巨岩，
一片白色濃霧。
整個山頂只有我自己，
還可以清楚聽見心跳聲。
我霎時覺得自己是全世界最孤獨的人……

王陽明在《傳習錄》裡有段精采問答，友人問：「如果在深山裡，有一朵花自開自落，但沒人知曉，那朵花還算存在嗎？」王陽明如是答：「你未看此花時，此花與汝心同歸於寂。你來看此花時，則此花顏色一時明白起來，便知此花不在你心外。」

那天拂曉，我們一行人在標高三千兩百公尺的三叉營地醒來，但要在十度以下的低溫離開睡袋，走出帳棚煮早餐，那真是一種酷刑。如果這時有小販在帳棚外賣熱巧克力，一杯伍佰元我都願意……一行人整裝後踏上征途，前往台灣百岳中十峻之一的品田山。

這一路蜿蜒顛簸，自然不在話下，但真正的挑戰是品田山的前峰，因為前峰和主峰之間是登山界著名的「品田斷崖」，雙峰之間是一道V字型的斷谷，要先下切到谷底再上攀。山壁幾乎垂直九十度，除了拉繩之外，沒有任何防護措施，只要一失手，直接買單。

幾位女性夥伴為了安全考量，留在原地，但我和夥伴榮濱看著眼前如此「悲壯」的場景，整個熱血沸騰，立馬噴射男性荷爾蒙，四肢並用開始攀爬——最後，完全沒有辜負我的生肖，登上標高三千五百二十四公尺的品田主峰。秀麗的景色盡收眼底，大霸尖山、小霸尖山、雪山圈谷就環繞在我四周，我這時有股衝動，不是大喊「I am king of the world!」而是「我好想變成蒼蠅！」，因為牠們的複眼有三百六十度的視角，如果可以用三百六十度看群巒美景，一定超過癮！然而，對登山客來說，比攻頂更爽的事，就是「和夥伴一起攻頂」。因為我相信：「一群人看風景，比較美。」那種見證彼此成功的時刻，真的很感人。

翌日，我們的目標是池有山，離營地只要半小時路程，超級簡單。但那天清晨起大霧，飄著細雨，篤定看不到日出，於是夥伴們決定多睡一會——倔強的我決定獨自攻頂。

我攻頂了，也看到了此生難忘的畫面：站在山頂的巨岩，一片白色濃霧，我張開眼睛，什麼也看不到，明明是白天，但伸手不見五指，身旁沒有人，整個山頂只有

黃致凱登品田山，標高 3524m。

我自己，天地寂靜，我可以清楚聽見自己的心跳聲。我霎時覺得我是全世界最孤獨的人，沒有人見證我的成功，我也不知道要和別人說我看見什麼，因為什麼也沒看見……我當時心裡浮現一首張宇的歌：「就算站在世界的頂端，身邊沒有人陪伴，又怎樣？」

「你未看此花時，此花與汝心同歸於寂。」我想我理解王陽明了——我就是那朵綻放在池有山頂的紅花啊！——沒人知道我開了。

那次下山後，我有種深刻的體悟：「人活著，永遠是為了另外一個人。」我們都以為人生的目標是追尋自我，但唯有這段路程被另一個靈魂理解或參與，這段追尋才有了意義，不是嗎？

「下次再來」是最美的謊言

「下次再來」是最美的謊言，
一種自我安慰、
驅逐悲傷的道別儀式，
我們唯有欺騙自己以後還會再來，
才能安心地離開。

我很喜歡日本茶道裡的一句話：「一期一會」。原意是說，每次的茶會都是獨一無二的，所以主人要用心款待賓客，賓客也要當成人生最後一次赴約，用心品嚐。因為人與人之間的相會，一生可能只有這麼一次。

童年時，我常有許多奇怪的幻想。大約國小三、四年級左右，某天父親用偉士牌機車載我去親戚家，紅燈停下來時，我隨意一瞥，竟發現有個陌生叔叔正好騎著另一台偉士牌機車停在旁邊，當下我大呼巧合——台北市街道何其多，車輛何其多，怎會有兩台一樣的車，在同一時間，停在同個地方？當時我還不理解「十年修得同船渡」的意思，甚至會把「緣」寫成「綠」。但小小年紀的我竟突發奇想——我要記住那個叔叔的長相——我臆想未來某年某月，彼此會不會在街頭上再次相遇？如果相遇了，我一定要把他認出來……多年後，我理所當然地沒有再見過「偉士牌叔叔」，他只在我生命中出現一次，就消失了，而他的樣貌也早在記憶裡模糊了。

前幾年，我和劇團夥伴一起去新竹尖石鄉的司馬庫斯部落，那裡曾與世隔絕，到了一九七九年才有電，一九九五年才有聯外道路，也因此珍貴的泰雅族文化得以被保存下來。導遊帶我們去造訪神祕的巨木群，瞻仰全台第二大的檜木，被族人稱為 Yaya Qparung 的「母親之樹」。返程時，我和夥伴們路經一片廣袤的竹林，大家駐足休息，這時，一陣風拂過竹林，竹葉婆娑沙沙作響，中空的竹節敲打出有韻律的節奏，我想那就是人家說的「竹濤」聲吧，那聲響真是令人心醉神迷。

「好美喔，但我們該走了吧！不然午餐的時間會來不及，下次再來吧。」某夥伴說。

「再待一會……再感受一下……因為，我們下次不會再來了，就算再來，身旁的夥伴也不會是這些人，更不會是現在的心情了。」我如此提議。

我想每個人都有過，因為趕路而留下某些遺憾的旅行經驗，但我們都會告訴自己：「沒關係，下次再來。」然而捫心自問，我們真正再回去過的地方有幾個？好奇是人的本性，世界如此之大，人生如此短暫，還有太多地方

司馬庫斯最大的神木「母親之樹」。

等待我們去探索。「下次再來」是最美的謊言，一種自我安慰、驅逐悲傷的道別儀式，我們唯有欺騙自己以後還會再來，才能安心地離開。

過了三十歲之後，我強烈意識到時間的流逝。每天早上醒來，常覺得自己更接近死亡一步——我沒有時間了——人生就像一列不斷行進的火車，過站不停，你一眨眼，途中的美景就呼嘯而過，不復再來。有些人上了你的列車，陪你搭了好長一段路，但這段路可能剛好都是黑暗的山洞，不見天日；而有些人，只陪你坐一站就下車了，但這站卻剛好經過你人生最美的風景。

一期一相會，且行且珍惜。因為我們永遠不知道，列車上的旅伴會在哪一站下車？也不知道經過眼前的風景之後，會不會有更美的風景？

這樣對仙草奶凍不公平

如果當你喝了金桔綠茶之後，
又想再品嚐仙草奶凍，
記得不要直接喝，
這樣對奶凍不公平。
你應該先來杯白開水，讓味覺歸零；
然後重新去感覺仙草奶凍的美好。

幾年前的某個演出結束後，我和幾位演員到泡沫紅茶店去聊天。我點了杯金桔綠茶，然後有人想試試我這杯的味道，便拿它的仙草奶凍和我交換。我喝了一口仙草奶凍之後，只覺得味道十分古怪，好像有股消毒水還是化學藥劑的味道，但是大家都說那杯飲料味道很正常啊！然後我再喝回我的金桔綠茶，發現味道也變了。

突然，我像是頓悟某個人生哲理般，在泡沫紅茶店向演員們發表我的「高見」：「我懂了，仙草奶凍沒有問題，是因為我剛剛先喝了金桔綠茶！」演員們覺得我有點莫名其妙，用一副「然後呢?!」的眼神瞧著我。

我想說的是——當我們第一次接觸到某些人事物時，感官會變得很敏銳，那種感覺不管是好是壞，都會跟著我們好一陣子，甚至可能成為我們判斷事情的標準，但是這個標準對於後來遇見的人事物，不見得公平。我有個朋友L被前女友背叛，之後他的幾段戀愛都不太順利，原因是L變得很沒有安全感，只要女友在網路上和別的男生有什麼風吹草動，他就認為有曖昧，於是採取緊迫盯人的戰術，還私下寫訊息請那些男生和女友保持距離；L的女友知道之後當然氣炸了，最後結局就是分手。事後L有點後悔，他好奇地猜想，如果他當初沒有經歷被背叛，或許和後來的女友就可以相處得很好了。我冷冷地告訴他：「不可能——因為前女友如果沒背叛你，你就不會有後來的女友了。如果有，那代表你背叛了她。」L覺得我在講冷笑話，但我想說的是，已經發生的事，不可能改變，能改變的是你對事情的看法。

每個人所經歷的過去都需要被尊重，但別人沒有義務承受你的過去。老是用過去的眼光或曾經受過的傷來看這個世界，會覺得這個世界很不友善，就像那杯走味的仙草奶凍。但問題如果你已經走進了這間泡沫紅茶店，又先喝了金桔綠茶，那該怎麼辦？總不能吐出來吧?!我突然想到，日本料理的生魚片旁都會放白蘿蔔絲，為的是在吃不同種類的魚肉時，怕口感互相影響，於是利用白蘿蔔清爽的氣味，讓舌頭的味覺歸零。

我知道泡沫紅茶店沒有白蘿蔔絲，但一定有白開水。

所以，如果當你喝了金桔綠茶之後，又想再品嚐仙草奶凍，記得不要直接喝，這樣對奶凍不公平；你應該先來杯白開水，讓味覺歸零，然後再重新去感覺仙草奶凍的美好。

第一次被叫大哥

當年的「未來」成為了「現在」，
我們還有夢要追，
如果我們不向世界認輸，
後青春期是否就不會結束？

五月天的瑪莎在《後青春期的詩》這張專輯裡，是這麼定義「後青春期」的：

在過了青春期之後，在向世界認輸之前。

大概四年前吧，某檔戲巡演到台中，散戲後我和演員們去一中街夜市吃東西。我和耀仁走進一間滷味店裡，店員很熱情地招呼我們：「大哥，要吃什麼這裡點喔！」我們找到位子坐下來之後，對看一眼，耀仁苦笑地說：「他為什麼叫我們大哥？」我回說：「難不成你希望他叫你帥哥嗎？不用這麼虛榮吧！」耀仁解釋說：「我的意思是說他可以叫我們『先生』啊，叫大哥感覺好老喔，我們看起來有這麼老嗎？」

我和耀仁是同班同學，四年前的我們大概三十五歲吧，他對於被尊稱「大哥」的困惑，我很感同身受。從前，在路上或到公眾場合，我都被稱作「同學」，進社會一段時間後，開始被稱作「先生」，偶爾被店家稱呼「同學」時，心裡還會小小的暗爽一下。三十歲之後，開始長白頭髮，每次照鏡時，我就會像隻尋找獵物的獵犬，或是聞到血腥味的鯊魚，在我的髮叢間展開地毯式搜索，把所有發現的白頭髮一根一根扯下來。我從來不是愛美的人，也十分安於自己不起眼的外表，但唯獨對變老這件事，我潛意識是抗拒的。

我記得第一次被店員叫「大哥」，是在公館的某間服飾店，鮮少買衣服的我，難得有興致想要妝點一下，讓自己在公開場合或是受訪時的形象能體面一點。我挑了一件卡其褲，但腰圍都太大了，便請店員幫我看有沒有存貨，店員回我：「大哥，不好意思，卡其色最小的只有三十二腰，灰色有你的尺寸，要不要參考一下？」我聽到這句話當下，腦子裡完全沒有在思考要不要改穿灰色的褲子，而是不斷地迴響著兩個字：「大哥」……我心裡嘀咕著：「我看起來有那麼老嗎？」第一次被叫大哥的當下，我其實很不適應，就像耀仁一樣，我們心裡感受到的不是被尊敬禮遇，而是意識到自己在別人眼中已經不再年輕；那聲「大哥」宣告著我已經走入後青春期了。

轉念想想，那些年輕的店員，了不起二十出頭，我們大了他們快十五歲，稱呼我們一聲大哥，也是剛好而已。所以我們內心到底在抗拒什麼？我想那可能是一種內在的焦慮，覺得自己即將與青春告別，步入所謂的中年。中年意味著我不再能做不切實際的夢，意味著我們身上開始背負著某些家庭責任，意味著我們在社會中應該找到一個屬於自己的位置……

當我們年輕時，沒有人能定義我們的未來，因為青春無敵。現在身為年輕人眼中的「大哥」，當年的「未來」成為了「現在」，我們還有夢要追，如果我們不向世界認輸，後青春期是否就不會結束？

看魚仔在那游來游去

人到了一定的年紀之後就會開始喜歡「有距離的互動」，沒有親密的觸碰、沒有喧譁，誰也不用特意取悅誰，所有的互動，靜靜地發生，也靜靜地結束。

二〇〇九年跟著劇團去上海演出，我趁著演出空檔，一個人溜到海洋水族館遊覽，那時我在一個水母缸前站了好久。應該足足有二十分鐘吧，我腦中完全放空，看著水母的觸手婀娜擺盪，我完全出神，精神達到一種很平和的狀態；我想這大概就是所謂的「忘我」吧，也就是忘了自己的存在，忘了自己身體的狀態，沒有任何目標、也不帶著目的，就是很單純地看，那是一段極其療癒的過程。

這幾年來，開始認真學養魚之後，常上臉書社團或是網路論壇爬文交流，發現很多魚友和我一樣，每天下班回家之後，都會在魚缸前發呆半小時以上，看魚仔在那游來游去，游來游去。不過我沒有像盧廣仲看著魚仔想到別人，想到半暝，我就是很單純地看。從前是吃飯配電視，現在是吃飯配魚缸，看著四呎缸裡的龍魚、魟魚、紅尾皇冠、圓身金錢豹、皇冠六間、泰國鯽、女王異型不停地游動，彷彿不斷變換隊形的群舞。而色彩各自繽紛的魚鰭，就像是一面面在水中飄揚的彩旗，我彷彿透過這塊玻璃屏幕，正在觀賞一個精采的節目，而且這節目還沒有廣告呢。

從前喜歡養狗、養貓，總覺得哺乳類動物能和人互動，讓我有小主人的感覺，而寵物和人之間那層親密的關係，也可轉換成某些現實生活中的角色扮演；例如有人把貓當成女兒，也有人把狗當成朋友。然而，愛魚的人很多，但很少聽到有人把魚視如己出當成小孩的，也不曾看過有人把魚當成朋友然後對著魚缸哭著說心事；甚至，絕大部分的人養魚是沒有取名字的，因為牠們從來不知道我們在叫牠。人和魚之間是一種有距離的互動，一水之隔讓觀賞者與被觀賞者這兩種身分非常清楚。

可能是人到了一定的年紀之後，就會開始喜歡這種「有距離的互動」，沒有親密的觸碰、沒有喧譁，只想要毫無負擔地成為一個觀者，誰也不用特意取悅誰，所有的互動，靜靜地發生，也靜靜地結束。

青少年時期的自己，太渴望與這個世界建立關係，產生情感上的連結；步入中年的我，卻希

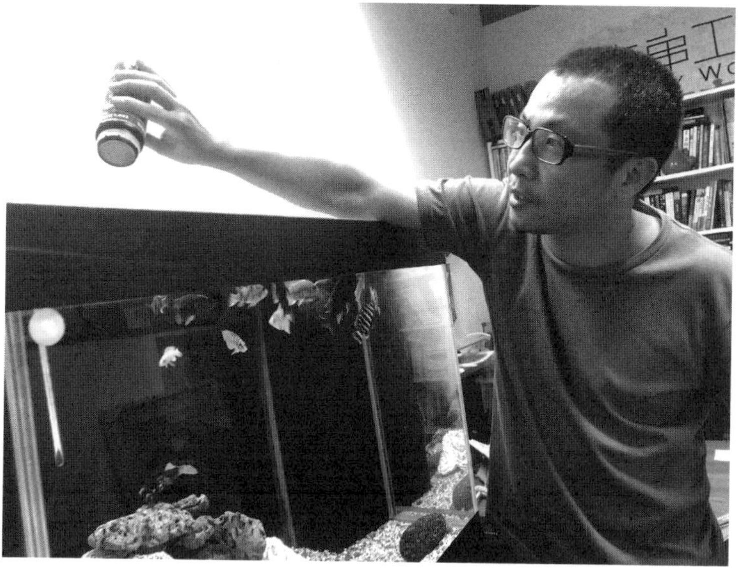

望偶爾和這世界保持一點距離，留一點空間給自己，看著世事變化如缸中的魚不斷穿梭流動；喜也好，悲也罷，心情不必有太大的起伏，魚在水中悠悠，我在缸外也悠悠。

原來門一直沒鎖，只是開的方向錯了

或許這個世界上，
真正可怕的不是物理空間的密室，
而是心理空間的密室。
我們所遭遇的困境是真的走投無路，
還是別有選擇？

為了創作《俠貓》這齣歌仔戲與文學跨界作品，我和王瓊玲教授，還有明華園的陳勝福團長到了屏東去做田野調查，同時拜會了《小貓》小說的原著作者施百俊教授（小說以筆名「施達樂」發表）。

那晚，我們約在一間日本料理店，在等候施教授時，我先去上廁所。一走到了廁所前，我停頓了一下，很本能地先分辨哪邊是男廁，哪邊是女廁。就在這時，我左邊的廁所門橫移滑開，軌道發出嘰嘰嘎嘎的聲音，接著走出一位女性；我心想，這間餐廳的門真有創意，竟然是側滑的，接著我走到右邊的男廁前，握著門把，由左往右側拉，但是那扇門動也不動……該不會有人上鎖吧？於是我敲了敲門，沒有人回應，我就更用力地想要把門拉開，那扇門依然紋風不動，好像軌道被卡住一樣。我不斷地改變施力的方式，不斷扭動門把，結果「咔」一聲，門被輕而易舉地往前推開了——是的，就像是你在家開冰箱那樣容易，毫無懸念打開了。我當下有股衝動想要找攝影機在哪裡，這一定是整人節目的橋段！

上完廁所後，回想剛才的過程，覺得自己實在可笑，明明再簡單不過的事情，開門只有兩個步驟：一、轉動門把，二、推開；但自己怎麼把事情搞得那麼複雜。或許吧，我因為看到前面的那位女士，把門滑開，我就認定這間餐廳廁所的門，都是用側拉的，殊不知，男廁是用推的。

這個平凡小故事，給了我一個啟示。我們經常依循著前人的經驗來解決問題，因為這可以減少自己摸索的時間；再則，失敗了也不覺得丟臉，因為其他人也是這麼做的。只不過有些時候，我們忽略了自己遭遇的問題其實和前人「相似卻不相同」，就算問題相同，面對問題的人不同、擁有的條件不同，解決的方法也應該不同。如果過度用慣性來思考問題，就會讓自己陷入進退失據的窘境。

後來，我把這個「開門」的小故事，融進了《莊子兵法》的劇情裡。《莊》故事講述有六個身分迥異、各自有生活難題的人，參加了一個以莊子為主題的高額獎金密室遊戲，六個人在密室裡為了求生存謀利益，彼此明爭暗鬥，彷彿羅馬競技場一樣，在封閉空間裡互相殘殺，只有最後沒倒下的才是贏家。

但故事到結尾，場上僅存的角色才發現：「原來門一直沒有鎖，只是開的方向錯了。」每當這句台詞一出口，觀眾席都先是一陣爆笑，隨即又陷入一片沉思，彷彿被這句話戳中了什麼。或許這個世界上，真正可怕的不是物理空間的密室，而是心理空間的密室。我們所遭遇的困境是真的走投無路，還是別有選擇？誰知道呢，下次如果門拉不開，就用推的吧！

空中飛人的默契

所謂的默契，
是兩個人對一件事情有相同的價值衡量。
對你重要的事，對我就重要，
相信你會把我的事當成你的事，
那是一種精神上完全託付。

某次和故事工廠的小匠們（劇團義工的暱稱）出遊去宜蘭玩，到民宿後，大家瘋狂地唱卡拉ＯＫ，後來我接到老婆電話，開車去羅東車站接她來一起同樂。那天開車的小匠不少，民宿前院停得很滿，天色黑暗，又沒有路燈，所以開出去得十分小心才不會Ａ到別人的車和鐵門。

接到老婆後，我再度駛回民宿，準備轉彎進入前院時，我請老婆從副座下車：

「幫我看著右邊車身，注意鐵門，中了要跟我講。」然後我想自己只要顧好左邊車頭不要碰到別的車，就可以順利過彎。結果，我腳才放開煞車，車子往前滑行不到兩米，就聽見車身被鐵門刮到的聲音，然後老婆跟我說：「ㄟ，好像中了。」我當下臉色鐵青：「不是好像，是真的中了……我不是叫妳幫我看嗎？」老婆一臉無辜地說：「對啊，你說中了要告訴你，不是嗎？」我好氣又好笑地回：「我意思是中鐵門之前要告訴我，如果我要撞鐵門，我可以直接撞，我幹嘛還叫妳下車看我撞鐵門?!」

靜下心想，她沒什麼開車經驗，所以不知道怎麼引導車輛，而且女生通常不曉得車被刮到對男生有多難受。我接著反思，明明是同一個出入口，為什麼我獨自開車去接她時，車子毫髮無傷，回程請她特別下車幫我注意，反倒車子A到門？聽起來荒謬，但相似情境大家一定都遇到過。或許當人在獨自面對問題時，沒有別人可以幫忙，態度會更謹慎，反而不容易出錯；但當有人和你分擔責任時，專注力一鬆懈，狀況往往就隨之而來了。

所以我們不應該依賴別人嗎？或者我們做事情只能相信自己嗎？

這讓我想起幾年前在上海看了一場馬戲團表演，看到空中飛人的段落時，我不知道哪根神經被觸動，突然感動莫名，當全場大小朋友為飛人在空中拋接的動作驚呼鼓掌時，我竟在觀眾席拭淚。過去看空中飛人，單純是看特技，滿足視覺上的刺激，但我那天看到的是，在十五米的高空，幾個年輕人把生命輪流託付在對方手中，那是一種完全的信任，每一秒都是生命交關。你的生命掌握在別人手裡，別人的生命也掌握在你手裡，每一次擺盪，每一次手與手的接觸，不容遲疑，也不容懷疑，這是一場靈魂的深層溝通。

所謂的默契，是兩個人對一件事情有相同的價值衡量。對你重要的事，對我就重要，相信你會把我的事當成你的事，那是一種精神上完全託付。工作夥伴的相處，愛人之間互動，若能擁有空中飛人般的默契與信任，那會是多美的一件事情！

對了，那場馬戲團表演我還是跟老婆一起去看的，但顯然她沒從空中飛人的表演中得到任何啟示，我至今深信如果她當時跟我一樣看表演看到哭，我的車子就不會A到門了。

自在地活在他人凝視之中

獨處的時刻，人們容易受到誘惑，
所以我們需要自我約束。
但從另個層面來說，
我們能否追求另一種內心的豁達，
學會如何表裡如一地、自在地活在他人的凝視之中？

諾蘭導演的《蝙蝠俠》電影裡，有一句台詞讓我印象很深刻：「戴上面具之後的你，才是真正的你。」

我聽到這句話時，瞬間有點反應不過來，但想一想，好像有幾分道理。在成人社會裡，我們都要學會戴上面具，不輕易將內心的想法示人，有時是為了保護自己，有時是害怕傷害別人。這裡的面具是虛擬的，指的是社會規範中的「角色扮演」。但諾蘭卻從另外一個角度來解釋自我認知與社會之間的關係：當你戴上面具之後，沒有人認得你是誰，所以你今天不管做了好事與壞事，都不會有人知道是你做的，我想這就是為什麼歹徒搶銀行時要蒙面的原因吧！——嗯，這是句廢話！

言歸正傳，我想提問的是，我們能否「自在地」活在他人的凝視之中？當沒有人注視的時候，我們的行為會和旁邊沒人的時候一樣嗎？

我回想起一個故事。大概小學一、二年級的時候吧，某個下午和鄰居小朋友在空地玩耍，我發現了地上有一枚五元硬幣，五元雖沒多少，但在三十年前還可以買一個菠蘿麵包。由於那個禮拜學校朝會時間，別班同學被表揚有拾金不昧的美德，再加上旁邊有好幾個小朋友圍觀，我覺得自己應該當大家的模範，便提議把錢送到警察局，而小朋友們也興奮地決定共襄盛舉，陪我一起護送這枚五元硬幣到警察局。

第一次走進警局的我當下很緊張，聲音還有點發抖：「警察伯伯，我們撿到了錢。」那位警察笑了笑：「你們很乖，錢你們就拿回去給爸爸媽媽吧！」我走出警局後，有一點失落，心裡想著：「就這樣？」我一心以為可以物歸原主，獲得表揚；再則，我們這群孩子的爸媽又不一樣，這五元是要交給誰的爸媽？……後來這枚硬幣是怎麼處理的，我自己也忘了。

我曾問自己，如果我撿到錢的時候，旁邊沒有別的小朋友，我還會送到警察局嗎？我和小朋友們把錢送到警局的過程中，是發自內心的，還是我選擇在他人面前扮演一個拾金不昧的小學生？

許多年後，我在高中的國文課學到《中庸》裡的一句話：「君子慎其獨也」。意思是真正品德高尚的人，在自己獨處的時候，要格外謹慎，不可因為沒有人知道，而做出踰矩的事。我覺得儒家用「慎」這個字是很有意思的，這個字說明了獨處的時刻，人們容易受到誘惑，所以我們需要自我約束。但從另個層面來說，我們能否追求另一種內心的豁達，學會如何表裡如一地、自在地活在他人的凝視之中？

幾年前，我有次準備騎車載同路的友人回木柵，發動摩托車時，我發現了腳旁吹來了幾張紙鈔，大概有一千多塊吧，我很本能地撿了起來，和友人對看一眼，然後笑了笑：「見者有份，我們一人一半吧！」友人對於我的提議感到不好意思，但又覺得荒謬可笑，最後還是收下了。我想，我大概不是什麼人格高尚的君子，但這一回，我覺得活得很自在。

二十分鐘的江湖夢 故事筆記

二十分鐘的
江湖夢 故事筆記

二十分鐘的江湖夢 故事筆記

二十分鐘的江湖夢 故事筆記

二十分鐘的

江湖夢

故事筆記

國家圖書館出版品預行編目資料

二十分鐘的江湖夢/ 黃致凱著. – 初版. -- 臺北市 : 麥田出版 :
家庭傳媒城邦分公司發行, 2020.08
面；　公分. -- (藝饗．時光 ; 5)

ISBN 978-986-344-808-2（平裝）

863.57　　109009543

藝饗．時光 5

二十分鐘的江湖夢

導演黃致凱的「劇場故事學」，翻玩思辨、笑點和眼淚，
為自己導一場有滋味的人生！

作　　　者　黃致凱
責 任 編 輯　張桓瑋

國 際 版 權　吳玲緯
行　　　銷　巫維珍　蘇莞婷　何維民　林圃君
業　　　務　李再星　陳紫晴　陳美燕　葉晉源
副 總 編 輯　林秀梅
編 輯 總 監　劉麗真
總　經　理　陳逸瑛
發　行　人　凃玉雲

出　　　版　麥田出版
104台北市民生東路二段141號5樓
電話：(886)2-2500-7696　傳真：(886)2-2500-1967
發　　　行　英屬蓋曼群島商家庭傳媒股份有限公司城邦分公司
104台北市民生東路二段141號11樓
書虫客服服務專線：(886)2-2500-7718、2500-7719
24小時傳真服務：(886)2-2500-1990、2500-1991
服務時間：週一至週五09:30-12:00．13:30-17:00
郵撥帳號：19863813　戶名：書虫股份有限公司
讀者服務信箱E-mail：service@readingclub.com.tw
麥田部落格：http://ryefield.pixnet.net/blog
麥田出版Facebook：https://www.facebook.com/RyeField.Cite/

香 港 發 行 所　城邦(香港)出版集團有限公司
香港灣仔駱克道193號東超商業中心1/F
電話：852-2508 6231
傳真：852-2578 9337

馬 新 發 行 所　城邦(馬新)出版集團【Cite (M) Sdn Bhd.】
41-3, Jalan Radin Anum, Bandar Baru Sri Petaling,
57000 Kuala Lumpur, Malaysia.
電話：(603) 9056 3833
傳真：(603) 9057 6622
E-mail：services@cite.my

封面、彩頁設計　謝佳穎
照 片 提 供　黃致凱、故事工廠、明華園戲劇總團、寬宏藝術
排　　　版　宸遠彩藝有限公司
印　　　刷　沐春行銷創意有限公司

初 版 一 刷　2020年8月27日

定價／360元
ISBN：978-986-344-808-2